因为有你，
人间欢喜

陈雨虹 /著

中华工商联合出版社

图书在版编目(CIP)数据

因为有你，人间欢喜 / 陈雨虹著. –– 北京：中华
工商联合出版社，2019.9
ISBN 978-7-5158-2547-2

Ⅰ.①因… Ⅱ.①陈… Ⅲ.①散文集 – 中国 – 当代
Ⅳ.①I267

中国版本图书馆CIP数据核字 (2019) 第 181900 号

因为有你，人间欢喜

作　　者：陈雨虹
责任编辑：吕　莺　董　婧
封面设计：天下书装
责任审读：李　征
责任印制：迈致红
营销推广：王　静
出版发行：中华工商联合出版社有限责任公司
印　　刷：唐山富达印务有限公司
版　　次：2019年10月第1版
印　　次：2022年2月第2次印刷
开　　本：710mm×1020mm　1/16
字　　数：70千字
印　　张：14.5
书　　号：ISBN 978-7-5158-2547-2
定　　价：45.00元

服务热线：010-58301130
销售热线：010-58302813
地址邮编：北京市西城区西环广场A座
　　　　　19-20层，100044
http://www.chgslcbs.cn
E-mail: cicap1202@sina.com(营销中心)
E-mail: gslzbs@sina.com(总编室)

深陷于幸福的领地

  我来到这个世界，就是要看一看日出的模样，看一看月亮挂在枝头，和友善的人们擦肩而过，再看一看樱花的巧丽，看一看落叶的浪漫，和亲朋好友消磨时间。

  我很幸运，按自己的意愿活成了最真实的自己，内心足够丰盈，外在毫无可惧，因为爱无处不在。

  飞到东又飞到西，总要飞回家里，我好像一路都在努力向外飞，向外寻，用了十年光阴走遍了国内的大江南北，又用了十年光阴穿越了欧美大陆，忙于学习、工作和生活。或许这就是飞的意义。寂静的夜晚，柔和的灯下，感恩所有的发生。

  幸福是清晨小鸟的呢喃，几滴露水落在翠绿的叶子上，折射着好看的光影，充满着爱。

  幸福是天亮后扫院子的声音，听那树叶被扫在一起的"哗啦"；间或人与人打招呼的寒暄和问候，那是一种市井的迷人气息，伴随你我的生活。

幸福到处都在，在一碗清粥里，在一杯茶水里，在一首熟悉的老歌响起中，你留恋的身影一个个靠近你。

原来，时光是用来"消磨"的，静静的。

原来，幸福就是你看见了"幸福"。

幸福从寂静的夜河之上而来，当我看见它时，它已覆盖漫山遍野。深陷于幸福的领地，我充满感激。

多么奢侈，可以肆无忌惮地奔跑了。

目录

Contents

你的出现是青春的开始
你的离去是青春的落幕
它让我相信一切美好的事物
如同雨滴轻敲着花瓣儿

一、青春的你消失在人海

我擦去了天上的云
擦去了你一生的爱与恨
再把世界打碎，装进眼睛
光着脚丫，在田野上弹奏星空

二、不仅仅在这一世

梦乡有一个并不遥远的故乡
大河是野的，没有栅栏
田野是野的，无边无际
摘了果子吃了满嘴的黑，我们就是野的了
举着蜘蛛网粘蜻蜓
——红蜻蜓，花翅膀
我们就是飞的了

三、蓝色乡愁

我跟时间开了一个玩笑
那不是考验你，只是跳一个舞给你看
哈德逊河会倒流，每天早晚两次
我的心也一样，每天疼上两次

四、一座城和一支笔

一杯咖啡的时间
我接连写了五首小诗
它们可不小
足以容得下遥远，陌生
和一整片森林的寂寞

五、处处都有幸福

一

青春的你消失在人海

如同雨滴轻敲着花瓣儿
它让我相信一切美好的事物
你的离去是青春的落幕
你的出现是青春的开始

我和我追逐的梦，擦肩而过，
一刻也不曾停留。

春天的"十七个"瞬间

阴雨阴霾数日，周末这一天，天变了，蓝得极其不真实，云朵三三两两散在山间。去植物园的路堵车了，临时转入了大觉寺方向。

和大觉寺很有缘，似乎那里已成为这几年我的后花园，这里也是我跟父母亲戚朋友一起去的次数最多的地方。最难忘的，是在松柏抱塔的山坡上，夜宿看星星。那时身边的他，已不是你。

春天是个约定，我知道它一如既往地来了，充满了孩童的惊喜。不知不觉柳绿花羞，熟悉的红墙碧瓦，小桥泉水，山亭

宇榭，跃入视线，如同看见了初恋的人儿一样，你依然站在原地，默默地，远远地，深情地问："你好吗？好久不见。"

其实不是很久，只是一个冬天的距离。

思念如画，红袖添香。简单地用几个美丽的梦，几首婉转的歌，和一个拥抱，轻易地走进彼此的心。

这个冬天雪灾肆虐，世事无常，我知道，你一直留在那里等我。每天早上，从你那儿飞来的小鸟欢唱着叫醒我。当我每一次沉浸在艰苦的工作里，也是你把我拉到阳光下。傍晚时分，你唱好听的歌儿陪伴我。你唱的最多的是《千里之外》，有时还唱一些儿歌，《葡萄树》、《黄鹂鸟》和《蜗牛的故事》。

你的眼神游离，不敢看我。我一定很想亲吻你，但我没有，只是轻轻抱了一下你。

我第一次唱歌给你听是在初二的班级联欢会上，那时的我，美丽得出奇，走在路上经常有男孩子跟上来搭讪，和我一起回家的总有两个女孩，她们羡慕地说，你的皮肤怎么那么白皙？班里总有两个男孩推了自行车跟在旁边，也不说话，一直送到家，每天都是。但是，这两个男孩里没有你。最近，其中的一个男孩子给了我他在上海的联系方式。

那时每周轮换座位，两排同桌的一起换位置，我记得你坐在中间那排，是不用换地方的，所以，要换三个星期才能坐到你身边。有个早熟的女孩子，好像是班长吧，很喜欢你，总是跟我说起你。那时我对男女之情浑然不知，但还是喜欢你的，也喜欢画画，每次都是我在黑板上涂鸦。我没告诉过你，我也很喜欢坐在你身边。

评选三好学生，我和你的大头照片并排挂在校门口的大橱窗里，你笑得那么灿烂，我好像没笑，只有一双大眼睛。扫雪的时候，总是走在对面遇到你，心里喜欢你，却从不和你说话。总有女生，在我耳边说喜欢你。

班主任找我谈话，让你成了第一个入团的人。我没不高兴，我成了第二个入团的人。

后来有一次和你吃饭，我笑着说，我喜欢的是那个戴眼镜的学习委员，成绩总是第一，你告诉我说他后来被保送去了北大。其实，在火车上，我遇到过他，他还是不爱说话。你我他，我们三个总是班里的前三名。你听了，就又笑了，厚厚的

嘴唇，闪亮的大眼睛，很困惑的样子。

你考高中之前，因心肌炎住院了，我们跟着班主任去看你。我记住了那一刻，永远地，你站在大玻璃窗前，肥大的病号服裹着瘦瘦的你，令人心疼，你依然还是笑着。你没有因为疾病影响考试，以比我高的成绩考上了本校高中，我却逆着校领导的嘱咐，考入了另一所高中。

等着录取通知书的那天，下着小雨，我们躲在大庙屋檐下。女生一堆，男生一堆，连告别的话都没有说。

班主任是师大刚毕业的校花，异常喜欢你，周末给我们前三名补课。大一假期时去她家看她，她刚离婚，述说了婚姻的不幸。后来有一次我们去舞厅跳舞，意外遇到过她，她和一个中年男人在一起。后来又一起去了我家聊了一会儿。从那以后，再没见过她了，她一定以为我们会在一起。

好多年没见你了。大一圣诞节前后，突然院门口传话喊，有人找我。跑下楼，意外地见到了你，可是除了那双黑幽幽的眼睛，我找不到你以前的影子，根本不敢认你。你带我去主楼上看星星，说的什么都忘记了，那天我穿的紫红色的风衣还在，收拾衣柜看见了，总要愣一下。

也是巧合吧，就是在那年，假期后返校，在火车上遇到了你。他送我回的学校，你却没有。他说，你要把我抢走了。我们三个人去中山公园看灯会，他幽默，谈哲学，你用仅有的零钱买了个荧光棒送给我。

多么单纯，我们，在一起时都没拉过手。跟你到画社去玩，画社在一个山洞里。四壁都是石头墙，中间一个大石台，台上巨幅的宣纸，狂洒的墨迹。有名家的，也有你的。跟着你钻地洞，那个山洞可以通向教室，出口就在教室的讲台下。你画了张油画，两个天使一样的男孩女孩一起荡秋千，挂在宿舍床前，跟卢浮宫里的也没什么两样。我喜欢字画，这点和你相似，出板报出系报，刻字画画，一直到大学毕业。

毕业那年，你到我家来找我，是个下雪天，我刚睡醒，睡眼惺忪的。你在我父母的注视下，把我带出去，在厚厚的雪地上走啊走。你说，要做我男朋友。

我那时对男女之情充满防备。其实，只要你勇敢一点，握住我的手，就足够了。然而你没有。妈妈那时说，你长得可真好看。

你那个老板送我香水，我拒绝了。我还记得他找来了两个漂亮女孩，陪他跳舞喝酒，我还是那么青涩懵懂。我只和你跳舞了，你也只和我跳舞了，舞厅里播放的是《吻别》。你给我唱的是，"我和我追逐的梦，擦肩而过，一刻也不曾停留"。

你说，你可真美，我们一起抱了本摄影书。你还给我拍了两张照片，那时我很喜欢戴帽子吧，总是她们说的清汤挂面的披肩发。从18岁以后，就这样到如今了。梦里，总是有你的身影出现。头发上，还有你手的温度。

灰飞烟灭的岁月，早就不在了。那又有什么，现在，我还能看见你，就是一种莫大的幸福。你依然高大威武，浓眉大眼，帅气十足，站在阳光下微笑。

我们在庙宇下分手，又在庙宇里重逢。古筝切切，琵琶呢喃。品茶者络绎不绝，绍兴菜馆里欢声笑语。我分明是看见你了的，明清玉兰，那是你的画作，碧韵清池，那是你的眼神。灵泉泉水，给了你无限的自由。千年银杏，佐证了我们美好的青春时代。

有那么一点点遗憾，
却是绝对的美丽。

让我的梦和雨水一样冰

咖啡厅吧台对面的整面墙，绘着不可思议的彩色油画，名字叫"梦"，赤裸裸的梦。一个像人猿泰山一样健硕的男人，和一个丰满扭曲的白体女人，六九式在飞，周围缝隙穿插了只可意会不可言传的各种符号和图案。

哲学是这样一种符号的艺术。

"金大中"只在我们班待了一年，大二转系了，因他学的日语，学计算机太吃力。

大一下半学期，有一天实验课后，他约我去操场见面。他从背后环抱住我，说，要我做他女朋友。我不知所措，不

知道怎么拒绝，挣脱开后，对他说："我发誓大学时候不谈男朋友。"

他相信了，不过很伤心，下课的时候，他走过我的课桌，扔给我一封信。写的什么都忘记了，只记得他引用了雨果的几句话，"比陆地宽广的是海洋，比海洋宽广的是天空，比天空博大的是人的心灵"。

他转系前，特意跑到我们宿舍跟我们七个女生告别。那天不巧，我去亲戚家没回来。

大二的一个周末，我们五个女生跑去天津玩，回来那天，我背着沉沉的双肩包，在校园主路上走，迎面远远地看见他和一个长发女孩儿走过来。我想，他喜欢留披肩发的女孩儿。

他见到我们，很快走到了路的另一边。别人没发现，我看见了，我跟他打招呼。他笑着走过去，我们说笑着从他俩中间走过去。

那是个可爱的女孩子，恬静好看的女孩子。

我要是他啊，一定马上拉住女孩儿的手走过去。

昨天晚上，他很忙，半夜才来到"春晖园"，"制片人"

叫上我和"朱丽叶"，我们跑到水对面的露天餐吧。望着其他同学在水中央的两座白房子里，人影婆娑，欢歌笑语。

我体会到了他的落寞，除了"制片人"和我，他和他们都不熟悉，有些同学甚至忘了他的名字。而他，的确是个男子汉，优秀的男人，闯下来自己的一片天下。他跟"制片人"说，我是把这个班当成初恋的。

后来下雨了，他自己开车走了，喝了酒走的，我们很担心他，打过电话去，说安全到家了。

我觉得对他很抱歉。

他喜欢参加我们班的聚会，每次都来。他再也不唱歌了，我点他喜欢的歌，他也不唱了。当年，他经常抱把吉他站在偌大的舞台上，唱齐秦的歌，"让我的梦，和雨水一样冰"。

他是朝鲜族人，唱歌水平一流，眼睛是那种韩国剧中酷男的丹凤眼。穿着干净，颇有绅士风度，很讨女孩子喜欢。

聚会那天他穿了件粉色衬衫，碰巧的是，我穿了粉紫色花的吊带裙，似情侣装，我觉得很不好意思。

我欣赏他，远远地欣赏，像看罗丹的"思想者"，像看梵

高的"向日葵"。

有些人，注定从你的生命中经过，留下了一丝丝痕迹，还有那么一点点遗憾，却是绝对的美丽。

前年新年子夜，在这个咖啡厅，我和一个同事看完新年音乐会后跑到这里，又遇见了他。

他和那些留学生一起过的年。我不知道为什么他不回家去。

他特意给我叫了一杯咖啡。

我想永远祝福他和他的那个她。

她会不会给他唱邓丽君的那首《我只在乎你》，希望会的。

"还是那个中文系的男生？"

"不是了。"

"你呢？是不是我见过的那个女生？"

"是的，我没换过。"

我想，他是个忠贞的男人。

这样的男人，在这样的年代里，是优秀的男人，不容易找到。

如果，她的王子拣到了她的心，
也不可能吻她醒来了。

_____

错过的不仅仅是春天

薛定谔的猫告诉我，一定有另一个自己存在于另一个时空，只是自己暂时看不见罢了。

如同世间的男女遇见了，她很可能就是他的另一个自己，他一生都在寻找的自己。尽管这种概率很渺茫，但是，这次，他的确遇见她了。也许遇见的还不止一次。

那时正值春天，羞涩的季节。他把自己的渴望种进泥土，冒出头来，望一望美丽的她。她更羞涩，小小的一颗露水，躲避着阳光的抚爱，其实，她的爱透明轻盈，只是她也不知道，他是她此生的另一半。

多少年后，她又一次走到他身边，经历了由水到蒸汽再到冰的全过程，她需要再次融化的温暖。可惜，他的身边已经有和他一起生长的爱情和亲情，他什么也给不了她，只好看着她再次融化在夏日的热情里，并把这种热情毫无保留地献给了大地。

她从此离开了他的生活，他开始无穷无尽的回忆。

他想，那回忆可真美，足以慰藉一生了。那种美可以用文字保存下来。

他正这么想的时候，她果真变成一本书寄到他心坎上。于是，他们的爱情得以永生，一份不需要柴米油盐的爱情，定然是最纯洁的最恒久的。

如果，年少的他勇敢一些，主动表达他的爱慕，他不会错过她；如果她知道他原本是另一个自己，她会穿着花裙子跑向球场上的他，为他擦汗，为他提水，然而她当初并不知道，在经历了千山万水之后，时间已改变了她的容颜，她再见到他的一瞬间，幡然醒悟，他是她的另一个自己，可是那个他已经融入生活的浪潮，融入另一个世界，他是属于那个世界的。

翩翩少年，他的羞涩和暗恋如来去的风，带走了花瓣，要知道，他的不善表达不敢追求，让他错过的不仅仅是春天。也许他本身没有意识到，更也许，是那时的环境使然。在那个晦涩纯情狂热的年代，爱情怎么能在风雨里萌芽。

落英缤纷，脸红的少女经过了夏天，走入了秋日呓语。她在森林里拣来一些美好的花朵、蘑菇和苦艾草，却丢了她最宝贵的心。如果，她的王子拣到了她的心，也不可能吻她醒来了。

这就是那种永恒的爱情吧，不曾拥有，永远也不会失去，留下的只有春天的记忆。

年少的人儿，在懵懂的春天，你要勇敢地唱出你的歌，让你爱的人听见。也许，你的一生因此而不同。也许，多年之后，你们终究要分道扬镳，那也没什么，能勇敢地和另一个自己告别，总胜过遇到另一个自己又错过了而平添终生遗憾。

年少的人儿，尽管尽情地相恋吧，要知道和另一个自己的爱情才是纯粹的。别怕时间摧毁飞翔的梦想，别担心日常琐事诋毁漂浮的感情。爱过了，就不后悔，此生足矣。

像爱你自己一样地爱他吧，给彼此自由的天空，那是对自己对这个世界的宽容。纵使有一天分手，也要感激他，因为他给了你最美丽的回忆。

　　年少的人儿，站到你钦慕的女孩子窗下唱歌吧。别把你的深情压在箱底，要知道，你错过的不仅仅是春天。

*作者拍摄于大西洋城

天空不敢吟咏爱情，生怕惊起鸟鸣，
打扰你的悲伤

我不知道你的姓和名，
但我知道你也和我一样来到了这个人间。

那条路好长好长，像我看你的目光

（一）

面对生命，我翘首以望。

对面的路上，洒满了温馨和欢愉。有些丝丝缕缕的事情围绕着困倦，羁绊着穿了鞋子的脚，扭来扭去。

夏日的热望和着心跳，挂在了脸上，那脸有些红红的，挤出了汗水，顺着脸颊往下淌。其实身上也有些汗流着，流着流着就汇成了河流。到处都是梦儿的眼睛，瞅着我。

我正在想着我的梦儿。我躲在了屋子里，等记忆烧烫的夕阳。

那天，世界很美丽，你也很美丽。我们一起去探寻细雨濡湿的梦境。乘缆车上山，看世界在脚下向后慢慢迁移，心中荡满了一种怯生生的情怀，你说你不怕就真的什么也不怕了。我们牵着手下山，走着少有人走的路，蹚起了一路尘土。你说那是"燕京八景"之一。你说着笑着，感染了整个春天，汗流过了你的脸颊。是我自己不小心，把阳光走没了，天黑了，你最后终于说你怕了。于是，我们沿着无怨无悔的心绪，走出了我们的探寻。

梦儿，离开了你，我的心好像在河上漂浮着，河流把那些记忆的目光越扯越长，扯得久了，心有些放不下来，记忆就有些咸涩微苦了，是那种对你很强很强的思念总牵扯着我的心，让我一遍又一遍地咀嚼着你放逐的纯情，我的灵魂随着你留下的记忆摇了又摇，直摇到了夏天的到来，摇来了骄阳似火，摇来了思绪游牧的四野。

你的眼睛，无处不在。

我的小屋又变成了阳光斜织的世界了。我记得那天的雨也是斜织着，你那天很兴奋，把伞拿在手里，跑进雨里去了，我跟在后面，雨打在了脸上，我的心里开始以温热滋润和溶解着孤独。上车后，那雨还在下着，你说我走到哪里，哪里就下雨，我有些默然，心中升落着一种情绪。你坐在前座，外面很黑，街灯还没有亮起来，我看不到你的表情，那时很想握住你的手，像是抓住自己的生命一样，用我心里沁出的汗水的温热，去润湿你的孤寂，去温暖你柔柔的生命。记得你那时的手在拨选电台节目，和他们谈论着球赛，你的语调很平和，偶尔就有一丝紧张的颤动，但你还是游潜在喜悦的氛围里，我也是。只是当时你还不知道，你那绵软的心灵之光，已穿透了时空浩宇，紧绕着我的灵魂。那条路好长好长，像我现在看你的目光。

想起你，轻轻的风拥起了我的思念，飘进了那个干枯的湖里，现在已是碧波荡漾的深潭了，湖面上落满了雪白的柳絮，随风涌动着，看着看着，你就从那可怖的湖底浮了上来，顶开了透明如布的水帘，水纹便如浪似的涌到了岸边，拍响了堤岸，惊醒了鸟鸣，你的身影在我的目光中，踏着粼粼波光，划向了记忆的岸边，当我走近你时，那些随风舞动的柳条正在专

心地梳理你又长又翘的睫毛。

没有人会惊走你的。但我转身的一瞬间，却找不到你了，你去了哪里？是否又回到了你的校园？回到了那一生思念的课堂？或者别的什么地方？你是否已将我久久地遗忘？

风很随意地飘着，飘落了我的一根白发。柳絮一层层跟着飘落着。

（二）

本来是约好了一同看月的。

烟尘弥漫了古都的上空，月亮的脸看起来有些苍白，你说像掉了碴的碗。月亮不是十分圆，我看了许久，想找出你的身影，或者寻到你的眼里滚动着的天空。因为我知道你正在看着那个悬着的月亮，我看着看着，有些明白了，再看那月亮就在一瞬间圆满了起来，而且是很圆很圆。我只记得，小时候才看过这么圆的月亮，也许是许多年来都没有这么专心地看过月亮的缘故吧，有谁知道呢？小时候学过李白的"举头望明月，低头思故乡"后，有过一次静静的望月，那时候的我虽未背井离乡，却有莫名的愁绪低落着。那时候只觉得天上的月亮像一颗心，有水的地方同时找到两个或更多的月亮。走夜路的时候最盼望有月亮，也许是怕黑的原因吧，每当阴云挡住了月亮，心就有些沉重的感觉，或者有了月亮的山野小镇才不会让人感觉孤独吧。小时候的月亮很美，或者那时望月的年龄是美的吧，那时只懂得"月上柳梢头，人约黄昏后"是一句诗，并不懂得其中还有别的意思。

看着看着，有些明白了，就看见了你。

你也看见了我，我们是约好了的。

（三）

梦儿，你看见我了吗？我在想你。水的曲线刻写着记忆里最爱你的深痕。时间的册页被你的目光温柔地折叠着，触摸着我的肌肤，雕塑着我的灵感。只有那夜里航行的船，载着你和我的爱情涌出的浪花，歌咏着路途的漫长和遥远。我的思绪沿着记忆努力地回流。

走向遥远，我想起了我的人生。你那时也和我一样小，把梦放在了书包里。你离我很遥远，遥远的我不知道你的姓和名，但我知道你也和我一样来到了这个人间。

我那天就一个人坐在江边，望着透明的江水，想着海的模样。天蓝得像书里的海洋，那飘忽着像棉絮一样洁白的云朵，更像船帆。我不知道你躲藏在哪面帆的背后，想着你自己也找不到谜底的理想，我想你一定在设想着怎样把那面帆剪裁成漂亮的衣裳，裹着你和你的梦一起如白衣天使一样来到人间，挽救那些和我一样将要枯萎的灵魂。你洒下了一路温馨和欢笑，织出鲜花烂漫的锦绣季节，那时你一定看见了江边的我，我那时还是个小孩子，总有一个地方让你放心不下的，你就让风儿告诉我说你喜爱小孩子，你要一大堆小孩子，你说得那么好，我知道是好的，就什么都好了。

　　那一年的秋天很美。江边潮润的风吹走了白云，天全是湛蓝的。我知道那天你躲在屋里写那十篇作文，我一个人离开了人群，跑到深山里摘树叶，山路很难走，没有了白云的漫步，阳光把发亮的梦影映进不朽的山林。我感觉出汗在脸上慢慢地滑过，留下了永远的痕迹。后来那痕迹还诞生了一篇长满青苔的童话，飘进了残破的课堂。

　　那枫叶确实很美，美得无可挑剔，美得令人难忘，现在想起来，那枫叶上面一定有你滴落的记忆。记得我曾经躺在那棵很高的树下，地上积攒了好几个世纪的落叶，厚得能铸成浪涛中的长篙，把梦划进苍山的深辙。你的眼睛落在了那些树叶上，是隔着树叶落下的，布满了我的梦境，你一定看见了我手里擎着的那枚殷红如血的枫叶，因为那上面刻满了你的目光。有了那枚枫叶，我有了生命的灵性，更有了放飞的梦。

（四）

你的声音收起了我想你的梦境，但我还是想你，因为满世界都是你的眼睛。

阳光斜织着。

猛然间让思绪停下来，我挣扎着站起来，才感到夏天的炎热，你说你喜欢夏天，我其实也是喜欢的，只是怕热，但夏天是你喜欢的，我就爱了，我就不怕热了。

在以后的日子里，我又收到过许多情书，
却再也没为任何情书写过回信。

第一封情书的故事

女孩子长得漂亮，会给自己带来许多麻烦。情书，就是其一。至于怎样处理情书，怎样和写情书的男生照常相处下去，是费尽心思的一件事儿。

我第一次收到情书，是在初中二年级的冬天，外面下着大雪。我在上衣兜里揣着那封信，用冰凉的小手使劲攥着，偷偷跑到院子里去看。我很害怕，躲开所有人，我怕父母看见，怕别人知道。那时候年龄太小，心更小，觉得收到情书是严重的大逆不道。

其实，我那时暗恋我们班戴眼镜的学习委员，他考第一的次数总比我多。我们俩总是"较劲",不是他第一,就是我第一。

我看完了信,想都没想就把它撕了,扔到院子里的垃圾桶里,我们家的垃圾桶是腌泡菜的瓷坛子。在以后的漫长岁月里,我忘记了情书上写过什么,却还清晰地记得那个棕色的老瓷坛子,上面绘有一条张牙舞爪的龙。龙仰着头,毫不留情地吞吃着碎纸片,吞吃着雪花。

给我写第一封情书的是坐在我后排的男生,他瘦高瘦高的,很淘气。

他喜欢上课和我同桌说话。

放学路上,我们几个女孩子一起走,他在旁边推着自行车走。他是太爱说话的一个人,而我总喜欢沉默不语。

我喜欢跳皮筋儿,他喜欢在楼上看。

我们能把皮筋从脚脖子那么高跳到举起双手那么高,从双膝那么宽跳到小手指那么窄。我们还能三个人拉着皮筋,用胳膊肘拉着,另一个人像跳高运动员那样,横跨过去。

我写了封回信,很可笑的回信。我写的是一首小诗,意

思是说，我不能接受，因为那样会给团徽抹黑的，我可是共青团员。

很庆幸，我没有把这封情书交给老师，交给父母。其实那时候，小小的心尚不懂得考虑别人，只是想不让任何人知道。后来听说过，把情书公开出去，会伤害写情书人的自尊心，有的男孩子还会想不开，甚至还有为此自杀的。

给我写情书的男生也算幸运的了。我保密保得很好，而且还能和他们友好地相处下去，当作什么事儿也没有发生一样。

那个男生照样每天放学，跟着我们走路，我到家了，他再骑车走。

我们学校旁有所大庙，是当年日本鬼子留下的。大庙气宇轩昂，像一只展翅欲飞的大鹏，里面有个大锅炉，全校的师生在那里热饭。那个男生总抢着给我拿饭盒，我挺感动的。

后来，我们上了不同的高中，没再见面。

我上大学的第一年，意外地收到了他寄来的生日贺卡，上面抄的是舒婷的一首小诗，还贴了一根紫色的毛毛狗。他考上了北方的一座工业大学。

暑假他来了我家一次，我们一起看过去的全班合影。

　　在以后的日子里，我又收到过许多情书，却再也没为任何情书写过回信。

再见到海子，那是 1997 年的夏天，
距离海子离开我们已经多年以后。

遇见诗人海子

（一）宿舍联谊

我和丫丫端着饭盆往宿舍走，只见院门口围着一大堆人。

女生们交头接耳，神秘兮兮，我们挤过去一看，大黄纸黑毛笔

字，上书"欲寻友好宿舍，暑假结伴去三峡一游"，落款是

物理系研究生299宿舍。丫丫大喊："去三峡，好啊，你去不

去？"我瞪了她一眼，哪有这么露骨的，去也要回去商量一

下，不知道那帮人可不可靠，可不可爱。

我早想去三峡，听说明年要放水，现在的好多地方都要葬

身水下，再也看不见了。

我们给那个宿舍打了电话，一个男中音接的，瓮声瓮气。他们晚上来了三个人，看着都是学究人士：一个叫东子，工作了几年回校再读，老成沉默；一个叫阿哲，山东来的大个子，瘦瘦的，不够威武，但是个子高也是优势，可以当保镖。看着最机灵的是小林，他自我介绍说："丫丫，贝贝，我是四川来的，那边我熟悉，语言、地域、风俗都熟悉，我可以当半个导游。"我和丫丫一听开心了，再看看他们诚恳的样子，有考古的学究，有敦厚的保镖，还有聪明的导游，当然可以放心了，恨不得马上一起走。

　　接下来我们都忙着考试，但也没忘了与友好宿舍的来往，周末应他们之邀去学四舞会。这三个物理系的科学家跳舞，就像瓦特、马力、卡路里，动力、热力加活力，丫丫和我虽然练过一学期体操，软功硬被他们带走了样，跳出了探戈的味道，没少踩他们的大脚丫，我们都觉得滑稽。没办法，我们只好脱下牛仔裙，换上碎花长裙，佯扮淑女奉陪他们。

　　跳舞不但锻炼了心脏，还锻炼了耳朵和眼睛。我们谈的最多的是三峡，那些舞步和言语好像在水上跳舞，周围树叶飞舞

030

纷纷，管弦奏鸣曲之后是钢琴协奏曲，马上换上波尔卡。我们的心早飞到了三峡。

为了去三峡无忧无虑地玩，我和丫丫破天荒跑去阶梯教室熬了三个晚上备考。艺术系的男生跑去主楼前的广场上摘海棠果给我们吃，酸酸涩涩的，我们吃了好多，才不至于趴在书上睡过去。紧张的考试过后，我们都瘦了一圈。

就这样，三个物理科学家和两个美女上路了。

（二）海鸥号

我们上的游轮叫海鸥号，我们坐的二等舱跟大学宿舍似的，八个铺位，上下铺，只不过这次是男女混住，还有陌生人。一位中年男人，总是沉默不语，脸上永远没有笑容；一对儿年轻男女，牵个小男孩，小男孩五六岁的样子，摸摸这儿，动动那儿，跑过来抓我双肩包上的小挂链。

他爸爸妈妈叫他百岁儿，百岁儿喜欢围着我们转。我们上船不久开始打牌，百岁儿趁我们不注意，抢走一张牌就跑。这样来来回回，我们真有点急了。百岁爸百岁妈一直在那边小声说话，看两人的脸色，好像在吵架。

那个中年男人用便携机在写什么，吵闹声淹没了键盘的声音。他的双手苍白纤细，宛如女人的手，有时候有点抖动，一定是写到激动处了。我想，也许我们遇到了个海明威，正在写他的大作。

东子和阿哲搬了一箱矿泉水到船上。我们以水当酒，对着混沌的江水和葱郁的山坡，唱唱歌说说俏皮话。

那个作家偶尔抬起头来，看看门外的船舷，看看我们，看看孩子，那眼光却仿佛什么也没看见，又低头打他的东西了。

我走过去，递给他一瓶娃哈哈。他毫不客气，拧开盖子扔掉，仰头"咕咚咚"喝起来，几乎一秒钟喝完了，好像好久没喝水的骆驼。

他的眼睛是红肿的。我大声说："我给大家讲个骆驼的笑话吧。"

小百岁儿凑过来，仰着天真的小脸，好像一朵蒲公英张开了翅膀。

我自己先笑了，没有讲下去那个关于执着的笑话。小孩子在得换个话题。

"你看，这个叔叔像不像骆驼，还是个会用电脑的骆驼？"骆驼笑了，露出了白白的牙齿，好像爱斯基摩人的笑，吓了丫丫和我一跳。

　　小百岁儿凑过去，说："骆驼叔叔，我爸爸也用这个，你玩啥呢？"

　　"我不是玩，我在写东西。"骆驼简单地答道。我扫了一眼液晶屏，好像是什么哲学类的文章，因为有"人论""形而上"等字眼。

　　骆驼居然还是个哲学家。

（三）游戏

　　午饭时间到了，我们五个人早已饥肠辘辘。跑到旁边的船舱一看，有个大餐厅，里面人山人海，闹哄哄的。真没想到这儿有这么多人。

　　吃了盒饭，我们回到船舱打牌。小林提议，这次谁输了，必须去船上卖矿泉水。我和丫丫面面相觑，可是碍于男女平等的根深蒂固的想法，还是答应了。

　　先是阿哲输了，他很快卖了瓶矿泉水回来，收到一元钱。

后来丫丫输了，她难为情地出去，难为情地回来，手里晃着两元钱。我太了解她了。果然，她咬耳朵对我说，我把水给了个老奶奶。

　　这次轮到我了。还没卖过东西，听妈妈讲，她小时候和我二姨一起去街上卖报纸，二姨手里的一摞报纸全卖光了，她手里的报纸一张还没卖出去，恨得我二姨一把抢过她手里的报纸，一会儿就卖完了。妈妈小时候只知道读书，不会干活，卖报也不会喊，傻站在那里。

　　我争强好胜，这次来真格的，想试试。

　　我拿着一瓶水，往另一侧走，不知怎么走到了上等舱。走廊尽头，一扇小门开着，走进去，迎面是半圆的弓形悬窗，窗外船头排开水波，江水好像随时会涌进来，屋内高处挂着电视，中央小吧台上挂满通透的酒杯，周围摆着好多小圆桌和高转椅。只有稀稀拉拉几个人坐在那里，只有哗啦啦的水声和马达声在喧闹。

　　"小姐，要喝什么？"吧台后一个胸前挂牌的穿蓝马甲白衬衫的小姐冲我打招呼。

我摇了一下矿泉水瓶，走到离水最近的窗边坐下。我看见右旋窗有个人，几乎贴着玻璃坐着，好像坐在江水和山坡的交界处。他一动不动，黑发披肩，眯着眼睛。我以为他在打盹，可是他看到了我，他的眼睛居然会笑。我躲开他的目光，看窗外的水。我又瞥见他还在看我，我讪讪地站起，走了过去，把矿泉水瓶立在他桌上，说"一瓶一元"，他还没明白怎么回事，愣在那里。我又重复了一次，这次他明白了，从陈旧的黑皮衣兜里翻出一张新票子塞到我手里，说"不用找了"。我拿起钱扭头就走，我知道他在看我的背影，眼神或许是惊奇或许是怜悯，他一定在想，这样的女孩子怎么在船上卖矿泉水。然而我的心里却很得意，船舱里的那帮人正等着看我的笑话呢。

我走进船舱摊开手，给他们看手中的百元大钞，他们欢呼起来。"一起去喝扎啤吧！"小林提议，大家蜂拥而出，我领他们又回到了酒吧。

（四）他

那个人仍坐在原位，喝那瓶水，眼神迷离。

我们吵吵嚷嚷，嘻嘻哈哈，吧台小姐热情招呼，大厅里一下子热闹起来。他往这边看，我一直在笑，把百元大钞扔到吧台上，故意大声说："那边的先生请客喝啤酒。"我扭过头冲他笑。我看着他站起来，一步步走过来，长发飘着，会笑的那双眼睛蓝幽幽的，好像亚龙湾的海水。

他加入我们，给我们讲刚才的事儿，爽朗地笑着，露出白白的牙齿。我觉得他的笑容怎么那么熟悉，好像在哪里见过，又怎么也想不起来了。

他说起话来可真好听，像《图兰朵》的台词，我一下子喜欢上了他。

他对我说："故乡的小木屋、筷子、一缸清水，和以后许许多多日子，许许多多告别，被你照耀。"我说："你是不是喝醉了？"他又说："今天，我什么也不说，让别人去说吧，让遥远的江上船夫去说，有一盏灯，是河流幽幽的眼睛，闪亮着，这盏灯今天睡在我的屋子里。"

我们喝酒，讲故事，不知不觉夜色来了，两岸依稀有灯光闪烁，水上还有航标浮动。橘红色的光，映着我们微红的脸。

酒吧里的人渐渐多起来了。有个小伙子故意走过来撞了丫

丫，他周围还有五六个人，一看就是小混混。阿哲让他道歉，他居然蛮不讲理，挥起拳头。阿哲头上挨了一拳，他俩扭打在一起，那些混混一拥而上。我拉过惊慌失措的丫丫，看小林和东子傻站在那里。我冲过去踩他们的脚："怎么不帮忙啊！"他们吓白了脸。"别打了！别打了！"我和丫丫大声喊着。

只见那个男人抄起两个绿色的酒瓶子，朝那帮人砸下去。听见"哎哟哎哟"的叫声，那帮人散开了，阿哲还在挥舞拳头。只见那个男人又抄起一个瓶子，冲着那个先惹事的小子扔过去，那个小子抱着头逃出门去，那帮混混也跟老鼠一样跑了。

我和丫丫跑过去看阿哲的伤，还好，只是脸上青了一块。我和丫丫气愤极了，用鄙视的眼光看着小林和东子。

那个男人又坐下来继续喝他的啤酒。阿哲，他，我和丫丫，开心地聊到好晚。那个男人不但是个英雄，还是个充满童真的人，他的话语可真好听，好像我以往梦中听到的一样。

这时候，广播响了，反复说着"请大家明天早上四点钟到船头看神女峰"。

我们一起走过走廊，我们跟他说晚安，说谢谢，看着他推开117房间的门，看着他的长发消失。

我多想进去看看他说的那盏灯，是不是像他说的那样，那是河流幽幽的眼睛，今夜睡在他的屋子里。

（五）笔迹

第二天凌晨，丫丫第一个爬起来，叫醒所有人。我们跑到船头，黑压压一片人已经立在那里，神女峰矗立在右岸，正一点点靠近船舷，好近啊，伸手就能摸到似的。山峰在雾水里越发显得神秘和青翠。

我一直在找他的身影。

看着神女峰离我们越来越远，人群渐渐散去，我没有找到他，却捡到了一张纸，上面写着"单翅鸟为什么要飞呢？为什么，头朝着天地，躺着许多束朴素的光线"。

我跑进走廊，打算去敲他的门。可是，转来转去，怎么也找不到117的门牌。问走过来的船员，船员说，没有这个房间号，船上只有99个房间，从1号到99号。

我拿着那张纸回到船舱，很不开心。怎么可能没有117房

间呢？我喜欢的那个他就这么消失了？

一个中年男人看到了我手中的纸，一脸的惊讶："你怎么有这个？这是海子的笔迹，我和他是同学，我认得他的字体。"

我悄声不响地把那片纸放进衣兜。我想起来了他的样子，我见过他，在他的诗集扉页上见过，他灿烂地笑着，长长的头发飘着。

那个中年男人接着给我背诵后面的两段："单翅鸟为什么要飞呢？肥胖的花朵喷出水，我眯着眼睛，离开居住了很久的心和世界，你们都不醒来，我为什么，为什么要飞呢？"

（六）复活

在接下来的两天里，我们去了张飞庙、鬼城，走过了奈何桥，其间认识的那个中年男人给我讲了好多海子的故事。他说海子戴大大的黑框眼镜，留小胡子。

我心想，我见到的一定是年轻时的海子，大学时的海子，他没有胡子。

我每天都跑去找117房间，结果可想而知，根本没有117房间。

我坐在他坐过的地方，一遍遍地想他说过的话，一遍遍地想他的笑容。

　　中年男人中途下船奔神农架，我们五个人坐到岳阳下了船。我亲了小百岁，和他告别，望着他天真的眼睛，和海子的眼睛那么相似，我想，他会很快长大的。

　　我们一行人在岳阳游完洞庭湖之后，坐火车回京。我一点游玩的心思也没有了，手插在兜里，攥着那张纸。

　　丫丫爱上了阿哲，形影不离。我懒得理东子和小林，我把他们的情书扔到了洞庭湖里。

　　我知道，我爱上了海子，那个他，坐在窗户旁的他，向我走来的他，摔酒瓶子的他。

　　我爱上了他的翅膀。

　　再见到海子，那是1997年的夏天，距离海子离开我们已经多年以后。

　　"过完了这个月，我们打开门，一些花开在高高的树上，一些果结在深深的地下。"

我们不同，
我总在一种欲飞的想望里想你。

生命久久地徘徊于燃烧着的梦里

大学一年级，很多同学是在想家的日子中度过的。中秋节那天，在联欢晚会上，兰慧自编了好多谜语，让大家猜老师的名字和同学的名字，好让师生之间尽快熟悉起来。像王淼，就说第一大的河，像吕舟，就说两层的船，像丽萍就说漂亮的荷花，诸如此类。

兰慧从北方的春城——一个叫长春的地方来，第一眼见到她的人都以为她是江苏人，小公主的样子，鹅蛋脸白皙又漂亮，一双迷人的大眼睛。她多少有些忧郁，有些内向，大多数时候文静得似一湖秋水，有时候又有些神经质。她喜欢写诗画画，于是办起了系报，那可是信息管理系有史以来的第一份系报。丽萍和笑梅是她最要好的朋友，她们同住一个宿舍，经常一起打饭，一起听讲座，一起跑步。你能在校园小路上经常看见这样的情景：几个灿烂的女孩子并肩走着笑着，于是阳光碎了一地，于是每一片树叶慢慢睁开了眼睛。

办系报的发起人是京原，一个湖南来的爱唱歌的男生。他通过竞选当上了系学生会主席，据说他的竞选搞得沸沸扬扬，他到每个宿舍去游说、拉选票，最后，他以非凡的煽动力战胜了内蒙来的一个大才子，以领先七票的优势当选。实际上，兰慧和丽萍都知道，他之所以当选并不是因为他的才气和口才，而是因为他长得比那个男生帅，她们宿舍另外两个女孩子就是因为他长得帅气才转投了他的票。

佟云飞参加了书画学社，闲暇时跑到数学楼地下室挥墨泼彩。海峰和京原、佟云飞是一个宿舍的，海峰有些自傲清高，对什么都不屑一顾，又好像对什么都非常了解，一副非常博学的样子。

第一期系报很快问世了，卷首是佟云飞的水墨丹青，隶书

的两个油墨大字—"南雨"，好像那大字也是湿漉漉的。兰慧觉得少了点什么，在字底下画了个计算机，以此代表信息系，又画了一个长着翅膀的小天使，这么搭配怎么看都不和谐。丽萍倒是积极，抱着刚印好的一大摞报纸挨个宿舍去送，还跑到阶梯教室去散发。她的脸红扑扑的，眼神越发闪烁着光彩。

实际上，这第一份系报只是个诗歌版，好像发酵的青春，一下子渲染了晦涩的初恋、幼稚的单相思和无奈的乡愁。

京原这样写道：

光，源于没有方位的地方／直射或斜射，流动的时候，思维静静无声／时间和我握手，水中的山峰坐了起来／书一页一页，翻过，自己批改自己／我一天一天，膨胀／你在你深处呼唤／我把耳朵伸给你

兰慧写道：

总是不知道你在哪里，做着什么／也不知道你心里想着谁／

记忆中的你，就是这么一副沉默不语的样子/你是老了，你带走了我的翅膀/带走了我的天堂

佟云飞的诗歌像他的画一样，狂草之后总可以理智收笔：

数着那些阳光，透过薄薄的云雾/细雨在心跳吗？记忆的小巷还在吗/鸟儿都喝醉了，贱声贱气地浪笑/时间是生命吗？会和祝福一起弯曲吗？/你走过清晨，就拾起了一生的黄昏/平凡，如山里的一片叶子/那红红的叶子，是云在燃烧吗？

有趣的是丽萍，她天真浪漫，像是自言自语：

风轻轻柔柔，水轻轻柔柔，月也轻轻柔柔/诺言失踪在无垠的天际/去触痛，一个心跳的梦/有相约，就不会遥远

笑梅总是有种比大家更成熟的心态，谁知道她是不是在悼念海子，她在散文中不断地问：

如果他能够带走每片雪花，就像带走我的每个呼吸，我会毫不犹豫地跑向大雪里，而他依然在大雪里长眠。诗人都躲到哪里去了？要是诗人们还活着，他们会一起坐在车顶上，整个世界只有一把孤独的椅子，在陈旧的椅子上刻些什么留作纪念呢？

海峰接过小报翻了两下，斜眼看了看丽萍，又低头看了看版面，随口大声读道："鸟儿都喝醉了，在慢声慢气地笑，时间是生命吗？会和祝福一起弯曲吗？"他的语调极其夸张，引得周围的同学哈哈大笑。他却依然板着脸，撇着嘴："你们谁听过小鸟笑？小鸟是这样笑的吗？这些算什么？还不如读《周易》去。"

那个十八岁的秋天，系里好像一下子冒出了一大批诗人，《南雨》这份小报，后来又加入了计算机顶尖技术消息的报道、一些严肃的社会问题评论，甚至还加入了摄影论坛和音乐论坛。大家嘴里哼唱着齐秦和老狼的歌，在教室在食堂都有歌声飘荡："曾经以为我的家，是一张张的票根，撕开后展开旅程，投入另外一个陌生，这样孤独多少天，这样孤独多少年，终于又回到起点，到现在才发觉。"

在大一期末的圣诞联欢会上，笑梅和海峰做主持，默契配合，一唱一和，笑梅举着话筒唱了一首《酒干倘卖无》，高音处婉转空灵，深情而感人。京原抱着吉他弹唱："那时候天总是很蓝，日子总过得太慢……谁娶了多愁善感的你，谁安慰爱哭的你，谁将你的长发盘起，谁为你做的嫁衣……"兰慧和丽萍穿上维吾尔族红裙子，头戴四角帽，一个玫瑰红的一个金色的，伴着王洛宾的曲子，跳了十几分钟的新疆舞蹈。高年级的同学信以为真，以为她们是来自新疆的女孩。

联欢会第二天晚上上实验课，兰慧发现笔记本里夹着一封信，她不知道是谁放进去的，那上面热烈的字眼，分明是一封情书，落款处没有署名，写着让她实验课后操场上见。她慌乱地合上本子。窗外月亮又圆又低，有些发黄的草地，零零散散洒落着几朵暗粉色的泡桐花。她多希望那是佟云飞的笔迹，他们一起愉快地画画组稿，已是最要好的朋友了，兰慧悄悄喜欢上了他，但是那字体是秀气的小字，那不是他的，他的字体大

而有力，她一眼就能认得出来。

信写得有些伤感，兰慧看着看着，眼睛潮湿了。谁有这般情怀？老成和忧郁，呵护着她和他的心，《南雨》上的诗歌散文远不及这封情书的只言片语。

我的灵魂沉睡了多年，从远古就一直是睡着的。因为这个星际已布满了尘土，到处飞扬着，醒着就会迷路。各种各样的路，很多很多，让我困惑。

直到你来了，我就醒了。你知道吗？兰慧。你就像轻轻的风，携来清新的空气，又吹不起尘埃的那种风，是我生命里已渴求了多年的那种风。你来了，就能洗涤那些尘埃，我的世界就是清新的了，生命就能欢快地生长。

我静静地想你看你。我不再守候在高温的熔炉旁，不再看那些青面獠牙的灵魂们熔冶自己的欢乐、忧虑、幸福、灾难、情欲、冷漠和愁苦。我要用十支手指拨弄生命的弦琴，直到琴弦断绝，琴体裂成碎片，也要为你鸣唱出最悠扬的和弦。那声音如光箭，会洞穿一切虚无，那声音如寒风，会剥去我自以为真诚的真诚，会剥去我自以为纯正的纯正，剥去一切伪装了的伪装。

我又经过一片庄严而沉重的沉默。阳光又布满了我们的教室，变成了一个光线斜织的世界，将我裹了起来，我在想你。当我对任何思潮不再盲目追随的时候，我才真正感觉到我，活在人群里。我的思念不敢怠慢，更不敢停留。翻来覆去想的结果，证明我爱着你。

那些无忧无虑地生长着的树漠然注视着我留在生命里的背影，看着那年年岁岁的花儿们开了又落，落了又开，这就是等待吗？我不知道我一生的黎明能换来几个淡绿的黄昏，我所有的寂寞苦涩能酝酿出多少送给兰慧的微笑和甜蜜。我仿佛看见了我年轻的身影，枯瘦成一缕灰色的弯曲。我看见了当我随着记忆渐渐枯萎时，而日子却依旧。那时的我用昏花的眼睛遥望着天边的那抹光芒，让兰慧别走出我的惦念。

那一朵好看的云，推开了教室的门。生命久久地徘徊于那个燃烧着的梦里了。

兰慧，我看见了一朵捎来你温柔目光的云，你的样子缓缓飘进了教室。云在飘动，你柔和的声音散落开来，浸透了温暖

的气息。我为什么在阴惨惨的天气里倍感苍凉，我灵魂的步履为什么不能穿越走廊前的晴晴雨雨。

兰慧，我们不同，我总在一种欲飞的想望里想你。

这是一座寂静的教学楼。我想有一天，你会踏着青春的暗语，张开柔软的双臂，去收集点点碎碎的阳光，送走那些阴云和雾霭。涨潮的时候，我变成一只海马，向你狂奔；起风的时候，我变成一叶白帆，向你驶来。哪怕路很长很长，只要我的生命还在，我的梦就不会老，季节的风雨，路途的波痕，顿时变得不很遥远。我就做你永远的朋友。

你的目光好长好长。我走遍了整个山谷和海洋。我的梦也好长好长，像你的目光。

这所百年的校园，拥有季节的风风雨雨。我看见了斜织的细雨缠在你的长发上，缠在你手里的那本书上。

那时的你，正呵护着你刚拾起的阳光。

爱情的岛屿正在沉没

　　阿玲是我们班团支书，青岛某中学来的，据说和巩俐一个中学。她以此为自豪。她喜欢照镜子，喜欢描眉画眼，一画要半个多小时。

　　她找我聊天，劝我别和那些教师子弟来往，说我不适合那些人，说我是淑女。总之，翻来覆去的意思是说，我这样的美女兼才女不应该和那些混混交往。

　　我哪有她想象的那么复杂，我根本就是把那些人当普通朋友嘛！

　　本来是说我的事儿，说着说着，她居然爆出惊闻："你知

道吗，江给我写了封信，想和我做男女朋友，我拒绝了。"

"啊？"我傻了。

要知道，江和二班的佳谈恋爱，形影不离的，有三年了，无人不知无人不晓。江现在还是整天跟那个女孩一起出入啊！

我记得江追佳时给佳唱"当春雨飘呀飘的飘在，你滴也滴不完的发梢，带着你的水晶珠帘，请跟我来"。

她又说："江跟我讲，说佳眼睛不好，没想到她腿也不好。"

"啊？啊？"我几乎要喊出来了。

佳是有点儿"对眼"，她戴眼镜，不仔细看是看不出来的。她腿不好，是小儿麻痹后遗症。

可是，这个江，也太不道德了。是他先追人家女孩子的，现在整日里搂着佳，私底下却给阿玲写情书，荒唐啊荒唐。要知道，佳多么聪慧美丽。

我跟个雕塑一样，愣在那儿了，只会张个嘴"啊啊"了。大脑飞速地旋转，然而我心底有个声音说，完了，完了，这世界上没有爱情可言了。

难道说，爱情是善变的，经不住时间考验的吗？

记得看过一个英文动画片，讲的是大海中一座孤独的岛屿正在沉没。岛上那个人叫爱，他喊："救命啊！救命啊！"

有船来了，上面载的是欢乐，欢乐太高兴了，转眼就划过去了。

随后又来了一条船，满载着金银财宝，他叫财富，但他划着划着，划不动了，船上的金银财宝太重了，结果船沉了。

后来，又来了个热气球，他是个伤心球，只顾着伤心，飞过去了。

就在岛屿全部陷入海里的一瞬间，一个白发老人划着船，把爱救起，送到了另一个岛上，老人离开了。

被救的爱想起，还没问救命恩人是谁呢。

他问岛上的一本大书，书上写着知识。

知识老人告诉他，救他的人是时间。

难道说，只有时间，才可以拯救我们的爱情吗？

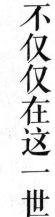

二

不仅仅在这一世

我擦去了天上的云
擦去了你一生的爱与恨
再把世界打碎，装进眼睛
光着脚丫，在田野上弹奏星空

你的床头反射着海子的童眸，
你的床边伏卧着沙米尔的仇恨。

嗨！附近的幸福

（一）

嗨！附近的幸福。

为了摆脱你的爱情，我让你看着我从大大的黑包里掏出一件件法宝，好让它们代替我以后陪你过每一个情人节。

一大瓶威士忌，足可以把你灌醉，让你说出真心话，你会说，世界上每个女人都是一朵花，我要吻每一朵花。

还有一大盒雀巢咖啡，配你的白瓷黄花的杯子，让你的嘴唇吻过无数的女子后，最后沉迷于黑色的暗香。

还有一大堆胃药，让你每次胃疼时，记得吃下。

现在，咖啡和嘴唇的爱情，胃药和心痛的爱情早已过期了，只有酒和时间可以爱到老了。

（二）

你的蓝袜子露出了一个脚指头，我看了半天，你知道，我只是看，我不是她，可以给你补上。

你发现我盯着那个小洞，你把脚丫藏起来，你死死地盯住那个花园的栅栏。有女孩告诉我说，看见你，在她的后花园里，拉着她的手。我装作不知道，你现在知道了，我当时有多大度。我们只是互相喜欢互相欣赏，没什么错，有什么可怕的，有什么可嫉妒的。

"你爱上她了吧？"我问得多愚蠢。

"你不要瞎想。"你的话语比女孩子还温柔。

"你爱上他了吧？"你问得更愚蠢。

"怎么可能，他有老婆。你不知道，他老婆警告过他，他谁都可以碰，就是不能碰我。"

（三）

嗨！附近的幸福，你到我的后花园来了。我不知道每天有谁在这里散步，脚印密密麻麻的，他们已经习惯了沉默。

那是个万籁俱寂的早上，在激情泛滥淹没了你的时候，你化装成红鼻子小丑走了进来，煞有介事的，边散步边吟诗，这让我感到意外和欣喜。我听见了德沃夏克的《自新大陆》的序曲部分，你听到了吗？

那时候，我正从老书架上翻出大二的音乐课本，抚过被黄色灰色的条条块块分割的封面，大16开手刻油印的《中外音乐欣赏》。你知道，现在，再也找不到这样的课本了。当年，音乐老师用这种简朴的语言打开了我们青涩隐秘的青春，每个星期二的晚上，我都像赴一场千年的约会一样跑向阶梯教室。当然，那时候，你不喜欢这些，你跑去了隔壁的阶梯教室，看巨大的幻灯片上映出的一张张出土文物。如今，你的诗歌变得和古董一样，被收集到国家图书馆里。

最后一次见你，你的瓦罐被打翻了，你的灵感都洒出来了吗？

（四）

那天早上，你给了我第一次的快乐，是我们认识以来的第

一次快乐。你说："找不到诗人了，他们隐居于孤独的壳。除非出现了一条不会说话的美人鱼，也许会出来看一下，然后再回到壳里去睡觉。"

我想象，这是你再次遇到我说的第一句话，肯定是瓦罐洒出来的水，洒了三年，那瓦罐一定变成了泉眼，我真为你庆幸。想想这三年来，有多少个女子从你身边经过，还有牵着你手的那个有孩子的女人，只有我不是佯装快乐佯装悲伤的吧。

（五）

你知道，你的世界里有太多的不会说话的美人鱼，你知道我不是他们其中的一个。我像看五线谱一样地看你，我说只有你能听懂的话，我要你记住我，我是千万个路过你的女人中唯一的那个，所以，我一次次悄悄逃离你，像儿时乐此不疲的捉迷藏游戏。

第一次逃离你，是趁你熟睡的时刻，我说，我要去买早餐，你先睡吧，我心里已打定主意走掉不回来。你愤怒咆哮，在电话里像一头狮子，你说我不尊重你。几天后，我离开了让我魂牵梦绕的古都，你不相信，你以为我还在你的周围漫步。

在约克郡，我和马丽、吉米、阿哲租了辆车，踏遍了湖区的城堡、草场和森林。经过一座废弃的铁桥，张牙舞爪的铁锈红，像几个张开的弓连在一起，我觉得好似又遇到了你。桥头蓝色的圆牌上，画了红圈红杠，人和车禁止通行，否则桥可能顷刻坍塌粉碎。

我远远地看你。我打开浴室的门，你站在水龙头下，温柔地看我，缠绵地低语。那一刻我只想知道，你还在那里，在"哗哗"的水声里，我不让你逃出我的视野。你的床头反射着海子的童眸，你的床边伏卧着沙米尔的仇恨。

你知道，海子没有死，沙米尔也没有疯，是我的梦死了，是我的梦疯了，我才让你牵了我的手。可是，我不能一个人在你的屋子里和他们一起窥视你的隐秘。

（六）

现在你又说话了，我真开心。

你说："飘飘然的醉客，总是飘飘然，梦中的蝴蝶飘飘然地喝酒。第三个梦杀死第一个梦。从第二个梦出走的水母决定在日落之前哀伤地穿过这个虚无的城市，如同黑色的雨滴。"

我想，你前世肯定是个哀怨的女人，所以，你的心才极度敏感、脆弱，你把那些纠缠的情结附在了我身上，我才那么想要生个自己的孩子。你说，生孩子很容易，你说这话时用手轻轻撩拨我耳边的发梢，我的脸感觉得到你指尖的冰凉。你拉着我的手走出昔日校园，路边的报摊有老人正在搬报纸，公共汽车打着大灯摇晃过去。

天已经亮了，我们不得不站在马路边告别。

我们终于拥抱在一起。

夏日的蝉鸣，里尔克的玫瑰，伊丽莎白女皇的最后一场爱情，话剧舞台，割断了我们的联系。

你知道，沉默，是恐惧的一种表达方式。

我们有什么可恐惧的？我们为什么要恐惧？

嗨！附近的幸福，我知道你现在正看着我，在微笑，我用右手食指略过你的唇角，像三年前一样。

（七）

梦醒时分，已是子夜。

我披上肥大的棉布衬衫，踱着步子，站在那里瞄着书架，那一排精装的世界名著落了灰尘。你知道，莎翁的四大悲剧，最准确的那本翻译版，躺在我的床边好多天了，扣过去的那页还是装疯的哈姆雷特迎接戏班那一幕。

最近，我看了电影《天下无贼》、《一个陌生女人的来信》，居然都是看到结尾处哭了。我总是被这种爱所感动，现在，又是被你三年前的爱所感动。

我重新读完了《呼啸山庄》，看艾米莉用一生寄托的超然的爱情，竟然心静如水。想起小学时偷着读爸爸的《漂亮朋友》，看到少妇把发丝缠在那个男人的衬衫扣子上，看得心惊肉跳。初中时读《收获》，读山那边的两个农村女人互换丈夫，读到脸红。

我早离开了那条大河，充满童年欢乐和少年恐惧的大河。你知道，那条大河转身之间变成了一个漂亮的现代公园，它先后带走了我的奶奶、爷爷、大伯，带走了表弟，也带走了艮。当然，有一天，它也会带走我，再带走你。

想起离开大河后，我们楼道里的几个小孩子，整日画小人书，整日扮家家，在自己构筑的游戏里，慢慢长大。

我不是廊桥遗梦里的白鸽子，你也不是我的摄影师。

我没有什么手法，我只是乱弹琴。我会回头看自己刚刚写了什么，因为，我常常不知道写下了什么。上面的这些话，也是一样，我只好给他们安上应有的序号。

我们都是孩子，在后花园里嬉戏，没有人能拿走我们心底的那一缕激情。

*橱窗展示，作者拍摄于纽约曼哈顿

我看见从她那黑亮的大眼睛里
飞出了一只白兰鸽

涛吻了她，吻了有一个世纪，
好像生离死别的一对蝴蝶。

绝　色

（一）

我顾盼的时候，才知道，野渡无人舟自横。影子映在水
里，水面揉着心，一下一下地跳。沉默只能刺痛记忆，撞碎为
一片遐想。

我知道，烙在记忆里的人影不会淡漠。

有许多不同的故事发生在这个世界的每一个暗淡的角落，
没有人能感知命运。

也许，许多年以后，晓雅的儿子长大成人，他会去找他的
亲生父亲涛，把母亲的日记交给他，也许，晓雅和涛可以活得

足够老，老到可以不在乎彼此的容颜，可以再见面。

晓雅两个月前刚从营业部调到国际部，和她共事三年的银行小姐妹们都非常嫉妒她，那可是行里最好的部门。晓雅早听说女孩子在这个部门干不长，因为很难融入男人的天下，所以她处处留心学习，渐渐做上手了，而且业绩还不错，这次会议张总指派她一起参加。

可是，她怎么也想不到，夜里张总邀她散步，他刚刚还抚弄她的头发。

她想回去了，他拉住了她的手，一把拉她到怀里。她想挣脱，可是挣脱不开，他拥得是那么紧，她闻到一股熟悉的浓浓的烟草味道，那是和他男朋友涛身上一样的味道，使她一瞬间有些恍惚。

不，这不是他，他还在南京大学读研究生，他年轻，个子高，他抱她的时候，她总是感觉自己被拎起来，总是踮起脚尖，感觉他的舌头像小鱼游动，潮湿又温暖。

现在，她的两只手被困住了，她只能后退，再后退。她突然感到一阵冰冷，她想她是触到坚硬的礁石了。他吻她的脖

颈，吻她的耳朵，她又恍惚了，她的耳朵是敏感的禁区啊。他用嘴盖住了她的嘴，她有点窒息。一个更坚硬的东西顶在她平坦的小腹上，他的手游走上来，像闪电一样划过她的肌肤。那个硬东西蹭下去，一下子侵入了她的身体，痛触、寒冷和恐惧让她瑟瑟发抖。

海浪不断喘息着，涌来又退下，她浑身燥热，像有一束急速的电流穿过她的身体，击中她的腹地，抵达她的大脑中枢。

她的涛不是这样的，涛是那么温柔，她从来没想到，男人可以这样决绝，这样狂暴。她感觉自己马上要崩溃了，她重重倒了下去，他再一次压上来。沙子钻进她的高跟鞋，舔着她的脚指头，她慢慢缓了过来。

他弄湿了她的裙摆。

他开始抚摸她，怜惜地抚去她眼角的泪水。

他抱起她，白裙子在海风中飞舞着。

她觉得自己空荡荡的，好像飘了起来，和海浪融为一体。

第二天早晨，涛打来电话，涛说："傻丫头，我想你了。"

涛又说："我想做毕业论文期间回去看你。"

晓雅说："好啊，你可以一边做论文一边找工作。"

涛哪里知道，她的生活自此插入了另一个男人，这个男人成功又富有，这个男人还有个漂亮的医生老婆和一个上初中的儿子。

后来，张总那个比晓雅漂亮几倍的老婆知道了他们的事，但他老婆装作视而不见。

（二）

在夜色中，

我有三次受难，

流浪 爱情 生存，

我有三种幸福，

诗歌 王位 太阳。

——海子《夜色》

三个月后，涛回来了。

当涛推着破旧的自行车出现在晓雅眼前的时候，晓雅和几个小姐妹吃完午饭正往办公楼走。

涛火辣辣的眼神，远远地盯着她看，好像这个世界没有别人了。那群浓妆艳抹，穿藏蓝色制服的小姐妹哄笑着走开了。

晓雅微红了脸，心底有一百只小兔子在蹦跶。

这就是她的涛，山盟海誓的涛，而他和她总是相隔遥远，现在又可以在一起了。

他们初中念一个班，后来一起升入同一个高中，她学文，他学理，然后他们一起考上了大学，一个在北，一个在南。

初三的晓雅，个子在班里女孩子中间算高的，比较早熟，瘦长的鹅蛋脸，身体比较丰满。

晓雅是英语课代表，有段时间早自习，晓雅经常站在教室前面，领着大家念英语，有些调皮捣蛋的男生喜欢欺负她，故意捣乱气她，有一次她被气哭了，站在全班同学面前用手抹眼泪。涛是班长，学习成绩总排第一，他狠狠地教训了那些男生，涛成了她的保护神。

高中的最后一个暑假，他们一起参加了夏令营，班主任组织同学们一起去游泳，虽然晓雅穿了件极为保守的黑色泳衣，却还是鹤立鸡群一样，招来男生的一阵子口哨声。她知道自己很美，像跳水冠军伏明霞。那时候涛也很美，健硕的肌肉，浓黑的大眼睛。那个刚从师大毕业的英文老师总是喜欢叫上涛陪她游泳。

游累了，晓雅常常坐在泳池边晒太阳，她喜欢安静独处。有一次，涛把英语老师的太阳镜扔给她，她没接住，只听"哗啦"一声，镜片碎了。涛赶快跳上岸，一边跑向她，一边大声喊："小心啊，别扎着脚！"

晓雅看见涛的小腿上还有胸脯上长着很长的汗毛，她羞得低下了头。

他对她总是那么细心和温柔。

涛和晓雅在高中毕业前夕偷尝了禁果。

（三）

星子在无意中闪，

细雨点洒在花前。

——林徽因

高考发榜了，在知了声中，所有应届毕业班一起举办了

告别会，晓雅和几个女孩子画黑板，画上璀璨的花，涂上飞舞的字。涛和另一个女生主持，涛唱了一首老歌："你知道现在已经散场，在黑漆漆的夜晚，现在已经散场，在陌生的地方……"涛瘦削的脸上，掩饰不住忧伤，那种骨子里的沮丧和与生俱来的忧伤，穿透了晓雅心底最脆弱的防线。

最后班主任提议，大家一起唱《友谊地久天长》，开始先用英语唱了一遍，再唱汉语歌词的时候，好多同学呜呜咽咽，唱不下去了。是啊，他们就要天各一方了。

那晚涛骑自行车送晓雅回家。晓雅坐在前面横梁上，她的长辫子甩到涛的脸上。到家了，晓雅要上楼了，涛跑过来从背后抱住她。在路灯下，涛吻了她，吻了有一个世纪。他们什么也不管了，好像生离死别的一对蝴蝶。

第二天，涛到晓雅家找她，晓雅在报社做记者的爸和在电台做主持人的妈都上班去了。晓雅的房间是粉红色的，起初他们一起听许巍的磁带，反复听那首《在别处》，许巍唱"爱情像鲜花它总不开放，欲望像野草疯狂地生长""我的身体在这里，可心它躲在哪里？每天幻想的自己，总在另一个地方"。

他们觉得要彼此永远分离了。后来他们死死地拥抱，拼命挤进对方的身体里。

那是个金色的秋天，在晓雅的记忆中，永远是粉红色的秋天，晓雅和涛搭上火车，各自去不同的城市念大学去了。

（四）

她再一次俯瞰河水，心中悲伤如割，她知道自己看到的是一次告别。

——米兰·昆德拉《生命中不能承受之轻》

当涛的手再一次像往常一样，温柔地环住晓雅的肩，晓雅觉得自己像无助的泡沫，没有了身体，也没有了思维。涛还是她的王子，而她已经不是那条人见人爱的美人鱼了。

已经七年了，分分合合。他俩不在一起时，总是互相猜疑，也许是因爱引发的嫉妒。在一起了，他们又当什么事儿也没有，和好了。

有一次，有个小师妹喜欢上了涛，缠着涛，涛故意领晓雅到那个女孩宿舍，当着那女生的面，紧紧拉着晓雅的手，那个

女孩再也不理涛了。

晓雅知道，涛是个有雄心壮志的人，他先是在那所"惟楚有才"的大学里成了诗人。实际上，涛在爱的思念里酿造了他的青春。他接着考研，在南京大学改学商业管理。

晓雅参加了有些名气的北国剧社，演莎翁的悲剧，以她的美貌和朗诵天赋，她自然被选来演哈姆雷特的奥菲利亚，演罗密欧的朱丽叶。数不清有多少男生给晓雅写过情书了，晓雅总是婉转拒绝他们，晓雅说，我有男朋友了。

晓雅一直活在涛的诗歌里，她觉得读涛的信是最幸福的事。

涛会写：

"梦里的戈壁上，长满了岁月。那些写着生命和爱情的岁月，就像是沾满温情的冰雪，随着岁月的迁移，有节奏地变化着。就是春蚕一遍又一遍地啃食，也永远别想能啃完。爱不会老去，纵使我会老。"

大学毕业那年，他们两个一度出现了感情危机。晓雅回老家工作了，而涛选择了到南京继续读研，他们还是不能在一起。晓雅觉得涛不爱自己，他怎么舍得离她越来越远啊。

看着涛远走，一个漫长的绳索绕住了晓雅的身体，无声无息的河流淹没了她。

那是整整一段很难着色的画廊，风在忘情中飞舞，树叶在痴狂中吐绿，雨在冷漠中抛洒。

如今好了，涛就要毕业了，可晓雅的心里滋生出一种愧疚感，这种感觉越积越深，一点点吞噬着她。她的纯情的涛啊，还蒙在鼓里，而她早已不是他的那个纯情天真的女孩子了。

涛拉着晓雅的手，走进路对面的一个叫"绝色"的小咖啡厅，这里曾留下多少美丽的时光啊。他们坐下来，坐在一幅巨大的黑白照片下面，一个小提琴手站在飞驰而过的虚化了的地铁列车旁，飞扬着他的手指和头发。

涛说，我找到了三个工作，一个在这里教书，一个在北京坐机关，一个是去深圳的大外贸公司做业务员。涛觉得最后一个最可能实现他的梦想，他想成为一个成功的商人，诗歌不能救国，从商可以。

那就意味着又一次长久的分离。晓雅的心底响起琴弦断了的声音。

当然，这次，他们仍如初恋的情人，一起看电影一起逛街。但是，这次，晓雅没有送涛走。

电话里，涛热烈地说："来深圳吧，晓雅，你不知道这里多么有活力，只要你有能力，你就能成功。"

晓雅说："我不想离开这里，我在这里长大，我的父母舍不得我走。"

"晓雅，来吧，这里的海，这里的空气，都是干净的。"

"涛，你会遇到更好的女孩子，我们分手吧。"

（五）

他进入了一个迷宫，生活本身所固有的危险一下子增大了千百倍，其中有一个不小的危险，即：谁也没有看到他是在哪里迷路的，也不知道他是怎样迷路的。他的良知变成了一个既不像人也不像牛的怪物，把他撕成了一块块。

——尼采《善与恶的彼岸》

三年后，那个张总因买卖外汇期间，利用职务之便侵吞汇率差价，为自己牟取巨款，银铛入狱，被判十七年。他再出来的时候，会是个老头子了。

晓雅又回到了营业部。

晓雅听同学说，涛在深圳已有了自己的家，有了漂亮贤惠的妻子。在晓雅28岁生日那天，意外收到了涛的电子贺卡，涛说，我终于注册了自己的公司。

晓雅真为他高兴。

有一天，一个从深圳来的大客户到柜台前开立外汇账户。他叫王威，他长得真像涛啊，高高的个子，浓眉大眼，只是已不年轻了，有四十来岁了。晓雅好像看到了二十年后的涛。

他请晓雅吃饭，晓雅没有拒绝。他们聊深圳，聊他转业后的淘金生涯，聊他的前妻和孩子。想必涛也是这样奔走忙碌吧，晓雅想，也许涛做爸爸了。

晓雅觉得自己的心老了，飞不动了。

"嫁给我吧。"在那个"绝色"酒吧，在那辆飞驰的列车旁，王威从桌上的花瓶里抽出一朵玫瑰花，单腿跪在晓雅面

前。晓雅像被施了魔法，一时僵直在那里。她的涛也这样做过，在她20岁的那一天。

王威和晓雅的婚礼办得空前盛大，王威特意跟老战友联系，在婚礼开始前，鸣了一百一十一响礼炮，那可是小城从来没有过的新鲜事。

晓雅觉得时光好似过去了二十年，觉得自己是在和她的涛互换结婚戒指。

不久，晓雅辞职了，跟着王威移居深圳。银行的小姐妹们都为她惋惜。

晓雅守口如瓶，对王威绝口不谈她的过去。

思念像风儿一样，时不时刮上一阵，好在这个男人对她极其爱护，她渐渐走出了以往的灰色，逃脱了记忆的禁锢。

在大海边的别墅里，晓雅开始写作，对着涛的信件回忆。这么多年来，她一直带着涛的信件，回忆泛滥的时候，她把这些陈旧的信带到大海边，读了一遍又一遍。

她一直没有联系涛。

可是有一天，涛远远地向她走来，他身边走着一个面容姣好的女孩。

她手里的信纸飘落到了海水里。

（六）

大树的年轮上刻写着永恒的爱，大树的年轮上还结满了诗。没有尽头，只有不知疲倦的梦。

晓雅听到了自己呼出和吸入气流的声音，心跳的声音愈来愈大，从地的底层一阵阵传来。

涛看见了那张信纸，一瞬间，那种少有的悲哀将他层层裹了起来。

面对和躲避已然没有了价值，脚步很牵强。

第二天天刚亮，涛来了。他想晓雅，想了一夜，企盼从苔藓密布的谷底悄声地爬上来，惊起了鸟鸣。

真实也许能算作清晰的梦吧，晓雅的生命清楚了，从昨天开始就清楚了，她是为了爱而活着。

晓雅觉得自己跟钟摆一样，摆动的时候，就看见了涛。

他们都看到了一团火，燃在沙滩上。

她和涛又是一个人了，本来就是一个人。汗流过了晓雅的

每一个毛孔，她觉得自己从黑暗的海底浮了起来，顶开了透明如布的水帘，在涛的狂喜和悸动中，她的肉体和灵魂划过粼粼的水波，飞了起来。

晚上，涛不得不走，晓雅润湿了他干裂的唇。

涛恨自己的灵魂，他只知道冲着他笑。

（七）

欢乐是短暂的，而痛苦总是漫长又漫长的，或许，这就是爱吧。爱情没有边界，也没有河床。

有一天晚上，涛匆匆跑来，在银色的月光下，像第一次那样紧紧拥住晓雅，晓雅抬头看见涛的眼睛红红的。

涛说："傻丫头，你知道吗？你把我害得好惨，这几年我交过十多个女朋友，可是我总是忘不了你。现在我和她分居了，不久就要离婚了，晓雅，我们一起走吧。"

"走吧，走吧"，晓雅的心底有个声音一直这样对自己喊。

从再一次见到涛的那天起，晓雅一直恍恍惚惚的，她知道自己终于逃不过爱情。尼采死了，弗洛伊德死了，沙米尔也死了，爱情还活着，而且活得那么精致。

涛不在的时候，她拼命写作。她忘了烧了水，天然气泄漏了也不知道。等她想起来的时候，跑到厨房，碰巧冰箱启动了，一股热浪把她甩了出去，从大大的落地窗甩到了后院的草地上，她的脸和手严重烧伤了。

晓雅失踪了。涛再也找不到晓雅了。

原来晓雅出院就搬了家，搬到珠海去了，她离开了王威。

转年，晓雅生了个儿子，儿子活泼又可爱。

晓雅先后出了几部小说，轰动一时。她把涛的诗歌和自己的日记集成册子，想等到自己离开人世后再出版。

涛的公司已经遍布大江南北，他成为了成功的实业家，打入了国际市场。

涛至今孤身一人。

* 图为作者所绘《曼哈顿下班时分》

穿过欲望都市的人潮，沿着第五大道
径直跑到了云上

他们尝遍了青春的秘密，
在花前月下信誓旦旦。

绍平的故事

（一）电视台无美女

绍平，一个刚刚三十出头的大男人，却已经是某大电视台的大制片人。所谓大制片人，就是他手下要管好多小制片人。在京生活十几年，他依然操一口标准的江浙口音，要人竖起耳朵听才听得明白。他的身体瘦高瘦高的，根本不像那些大腹便便的制片人，倒像极了诗人。

"电视台无美女"，他常把这句话挂在嘴边。

（二）前妻小艾

绍平的前妻小艾是个标准美女，柳叶眉，核桃眼，高鼻

梁，大瓜子脸。面容白皙，笑容可掬，属于翁美玲那一类型的，充满灵气，怎么看怎么是纯情淑女。

他追小艾的时候，遭来大学同学们的白眼。

（三）初恋春晓

绍平那时凸显才气，跟着辅导员一起拍片，参加大学生电影节。

春晓是班里最不起眼的女生。绍平经常跟着春晓宿舍的几个女孩子去上自习，休息的时候，一帮人在走廊里说说笑笑，好几个女孩子围着他。红花配绿叶，他觉得自己是贾宝玉。

大家都以为他要追的是漂亮的丽萍，谁知道，他反过来追上了丑小鸭春晓。

其实一点也不奇怪，他学习很吃力，就喜欢上了班上的春晓，春晓是学习最好的女同学。春晓帮了他大忙，他才通过了各门考试，否则，有三门功课不及格就不给学位，他恐怕不能毕业。

绍平跟春晓出出进进。两年时间，他们尝遍了青春的秘密，在花前月下信誓旦旦。

（四）变心

可是，春晓并不漂亮，绍平那蠢蠢欲动的荷尔蒙开始作怪了。他开始注意到一个教育系的女孩，为她的花容月貌所迷醉。她就是小艾。

他茶不思饭不想，梦里眼里都是小艾。他眼里哪还有春晓，他越发觉得怀里的春晓，分明是硬邦邦的一块木头。

可是，怎么跟春晓提出分手？

终于有一天，春晓哭着跑回宿舍，春晓喝了酒，哭得更凶了。酒后吐真言，原来，绍平找了个可笑的理由，他说春晓不给他洗衣服，不知道疼他，还是分手吧。可怜的春晓蒙在鼓里，还冲他嚷嚷着："我怎么没给你洗衣服啊？！"

当春晓在校园小路上再一次遇到绍平，她什么都明白了。绍平拉着小艾的手，一脸甜蜜的笑容。

绍平看到春晓，一瞬间僵在那里。春晓当作不认识他，走过去了。

（五）不娶漂亮女人

毕业后，绍平被分配到一所重点中学当老师，一待就是五

年。那所重点中学有一个专业的大演播室，他在那里锤炼了他的拍片和播音技术。他和小艾在那里吃，在那里住。那段青春的日子，散发着胴体的迷香。

然而，爱情，怎经得住物欲世界的诱惑？

小艾开始早出晚归，经常有奔驰车、宝马车送她回来。

绍平这一次算是明白了，女人的美丽是靠不住的。他发誓再也不娶漂亮的女人。

（六）美女都嫁给了奔驰车

绍平辞掉了学校的工作，为此交了一大笔违约金。他回去找原来的辅导员，跟着他重新开始拍片。他很聪明，也肯干，不久，应聘到电视台。正赶上电视台刚刚成立，他独立管理一个演播室的经验成就了他。不久后，他非常顺利地当上了制片人。

他到处拉赞助，搞大型音乐晚会。

他一直犯愁，电视台无才女。他开始招聘主持人。

他坐在考官席上，看着那些报考的年轻女子在他面前走来走去，浓妆艳抹，花枝招展。

难道这个世界没有美女吗？这是最后一天了，他有些失望。当他在一个名字下又划了个叉，再抬头时，先是看见一双尖头的无跟黑凉鞋，再往上看，是青色的花裙子，飘逸着仿佛流水绵绵，再往上是紧身的米黄色无袖针织衫，勾勒出丰满的星辰。

他终于看到了一张脸，美丽动人的脸。他呆呆地怔住了。

那张脸只是略施粉黛，大大的眼睛在微笑。她仿佛是当年的小艾，他的前妻的影子。

就是她了。他在那个安琪的名字下画了个大大的红勾。

当安琪一次次给他放电的眼神，当安琪用滚热的唇抚过他的眼睑，他找不到东西南北了。

安琪的目的是当大主持人，她如愿以偿。自然，经常有奔驰车把她接走。

绍平望着安琪的背影，自是苦笑，这世界无美女，美女都嫁给了奔驰车。

（七）回归

绍平算是幸运的，一次失败的婚姻，拯救了他的生活。

绍平回去找春晓，他的那个丑小鸭春晓。春晓博士毕业后，留在大学里教书。

他们结婚了，得到了所有亲朋好友的热烈祝福。

转眼，他们有了个儿子，活泼又可爱。

（注：本故事纯属虚构）

从此以后，你是我不能回头的故事，
早注定了的。

木偶在你手中跳舞

童话，泡沫，还有诗，谁的背影？

那天，你笑个不停，我问你为什么，你不告诉我，后来又说，没有原因，就是想笑。

你只是笑，我很生气，推开走廊的门去按电梯。你在门内，隔着玻璃冲我瞪眼睛，板着脸。我已经很生气了，见你那样子吓坏了，小心翼翼地把门推开个缝，劝你回去。你不说，也不动，依然板着脸。我只好妥协了，回到你怀里。

每次的离合都是这样。你有理智，你心太冷，什么都可以忍耐，忍耐相思苦，忍耐离别恨，忍耐我的任性和霸道。

我让你唱《用心良苦》，其实我爱听那一句"我的苦怎

么形容，一生爱错放你的手"。你唱了没有两句，唱到了《吻别》，一点不奇怪，结局是早已写好了的。

在黄浦江堤上走，石路上水洼一片片。有个老人向你讨钱，你不给，我说给他吧，你给了他一块钱，他还要，你没给。你说，健康的人不劳动讨饭，不值得可怜。你对你的行为总能找出理由，你喜欢讲道理，而我反感的正是这些东西。

我又开始做梦了，每个梦都像真的，梦里的人活生生的。

梦见大学宿舍，我躺在下铺，上铺是阿珍，她答应着，在白花花的蚊帐后面，急匆匆地收拾包裹，好像要去很远很远的地方，永远不回来了。我什么也说不出来，到处找笤帚，想把地上散落的纸团扫出去。笤帚立在门外边，支着红色把手，可我怎么也拿不动它，然后我看见了那扇明亮的窗，阿珍的身影正一点点地走远，我拼命地喊她，她头也不回。不知道她为什么这样，什么也不对我说就走了，我干着急没办法，急醒了，出了一身冷汗。

后来一想，那梦不偶然。昨天，我的一个同学告诉我，他出差到福州，到一个商店里买东西，意外地遇到了阿珍，她正坐在柜台里打毛衣。这世界有多小，世事有多巧。

阿珍是我们班唯一的一个跟了男同学走了的女孩子。她和他飘落在福州那个远离他们故乡的地方，因为他们有爱情。

意想不到的是，现在他们已经离婚了。

唯一的一份爱情，也经不住时间的摧残。

留恋那些无忧无虑的欢笑岁月。早上睡过了头，飞跑到教室，还好后面的门没锁，我们悄悄溜进去。如果遇到门外的大锁头，只好站到大家面前抱歉地笑笑，赶紧跑到座位上掏出书本，怕出声影响大家。那时最喜欢上古文课和英语课，其实是喜欢那两门课的老师。

古文老师是个急脾气又厉害的老太太，卷卷的短发，戴着一副黑框眼镜，说话又快又利落，很多同学怕她，可我一点也不。别看她挺严厉的，可在她的课上，大家想说什么就说什么，不用举手更不用站起来。她喜欢叫我翻译，一篇古文太长，等我翻译完了，口渴了，就到下课时间了。

英语老师是个古怪的老教授，没有几根头发，戴着大眼镜。他习惯走下讲台，斜坐在前面一排同学的课桌边上讲课，

所以大家一再往后坐，先是空出两排，他又坐过来，后来空出四排五排，他还是坐过来，大家只好由他了。不过他讲课有一套，连讨厌英语的同学也爱学了，他的课多半是他提问我们回答，有时我们问他来答，课讲得很有趣。

那时候你在哪里？

想念你，深深地想念你。你的声音，你的笑容，你抽烟的神态。一切已经太遥远，好像有时在电视上看见你，有时在大街上遇见你，可是你只是在另一个世界，我不想打扰你。

爱是真的，便无悔了。

一年已太长，我还是喜欢夏天。

在离别的前夜，我们在南京路上游荡。

我们坐在高高的石阶上，你变得很奇怪，像那栋往上又续了两层的西洋楼。你说话怪怪的，我听不懂，也不想听懂。只是紧挨着你坐，又生气又笑，又打了你一个大嘴巴，怕你生气，又给你揉了揉。

"从今天开始，我不会再给你添麻烦了。"我说。

我们的朋友乔说："坚持，坚持，只要坚持。"

"快完结了，快了，会转弯的。"你说。

"你快走吧。"我趴在床上不敢去看。门，"砰"的一声关上了，电梯的铃声响了一下，你上了电梯。

我们隔在了两个世界。

从此以后，你是我不能回头的故事，早注定了的。

我又看见你走出电梯，推开房门，抱起我，吻我，吻得我喘不过气来。

你留下了你的日记，开了个头，让我往下写。

你说，要说在这世上欠谁的话，只有欠了我的。

你又说，要是有亲人的话，就只有我。

我看见了钢丝上行走的艺人，挂在两山之间，没有安全带，也没有防护网，只能走过去，掉下去就会粉身碎骨。

你说你只在乎我，最后又强调说，你只在乎我。

我只想哭，为你的真，为你的假，为你的不公。

你不知道，以后也无从知道。

老艺人手中的木偶在跳舞。你向我走来，那木偶可真鲜艳。我仔细看了看，你一把把我拉走了。

* 作者拍摄于哈德逊河畔

原来走遍了世界
只为遇见你

让一切消失在无人的小路上。

那条路，我们曾携手走过。

亲爱的，你，输了

（一）另一个世界

想你，在雪天，想你站在路口等我，始终微笑着，我会不知所措，也许会跑开，也许装作不认识你，但是，我想，我会像你一样微笑着，亲切打个招呼，当作一切不曾发生过，当作这是多少年前的一个雪天，我们依然是要好的朋友。

所有说过的话已忘记，连同你我的名字，但我知道，你也知道，有一棵开满鲜花的树，在心里从未凋谢，那是我听过的最美丽的童话，那是我读过的最动人的诗篇。

想你，唱起那首古老的歌，我在你安详的目光里静静地睡去。

想你，孤独一个人，背着沉重的行囊，消失在时光的河里，我没有一丝力气，睁开眼睛看看你。

从此以后，在另一个世界里，我默默地陪伴你，在那棵开满鲜花的树下，长眠不醒。

梦，落了。

（二）存在

天上有风，一直在说话，天上有你的微笑，总是暖暖的。无论何时何地，我都能看见你，清秀的面庞，你抿着嘴在笑，头发挡住了宽宽的额头。你的周围，一篇篇的诗文，如雪片飞舞，当我读懂了你的时候，你的身影，早已消失在远方。

曾经以为，你会拉着我的手，走过那座小桥，到湖的另一边，一起看日出日落，一起唱那首童谣。

大地一片宁静，心里一片宁静。

（三）尘世

每个人都曾有过一张年少的脸，有过一颗追寻的心。生活敞开了大门，我们常常把自己关在了门外。于是，孤独来造访了，寂寞来侵犯了，许多的欢乐，随着时光荏苒，剥落为一地尘土，偏偏痛楚无情地留在了枝头。你用尽力气将痛楚举在空中，却说不出一句话，站成一棵树的模样，却不会掉一滴眼泪，因为你知道，世上的恩恩怨怨，爱恨情仇，终究归于尘土，无声无息，无影无踪。于是，明年春天，又长出一树新绿。幸福，是一棵开满鲜花的树，在你心里，在我心底，永不凋谢。

我的身体早已化成泥土，在你每天必经的路旁，默默看着你，走近又走远。风吹起一些记忆，又吹落一些思念，渐渐飘远了，落在了湖面上，那是我们真心流过的泪。

千年风尘，一路走来。一切，已不重要。

（四）从前和以后

很久很久以前，我的爱人给了我生存的力量，所以今生今世，我甘愿远远地在生活之外，看着他。爱，一直是这样的，不会改变。爱是干干净净的，任何人没有权力妄加亵渎。

那是个深深的伤口，你何必捅上一刀。那是我自己的伤，情愿留给自己，一生一世。

远离过去的日子，我知道，这是非做不可的。以后的日

子，我知道会是什么样子。我不想带走任何人、任何心，甚至任何往事和记忆。

你诅咒没有意义的生活，你怨恨生不如死的纠缠。爱，不仅仅是眼中灰暗的现实，还有更多的风景，你看不见吗？那个美丽的家园，那是心休憩的地方。

没有人，会掠夺你已拥有的一切。往事，早已沉淀为记忆，翻出来做什么呢？那只会弄伤了自己，弄伤了别人。生，在前面，爱不是你心里框定的牢狱；死，在最后，在我的墓碑上，请为我刻上一句不朽的誓言。

（五）悄悄地离开

也许为了找一个离开的理由，也许像你说的那样，我只是想逃避。但是，后面的原因还有很多很多，我不想说。你说，以前我们没有这么大分歧，其实，分歧早有了，只是彼此隐藏得很深很深。

不要再打电话了，不要再写信了，照片留下吧，往事和记忆无处可存了，就存在那几张照片上吧，其他的东西，我想烧掉吧。

挂断你的电话，别说，你还有多少思念，更别说，那句沉甸甸的话，生命，已承受不起。

誓言如风。我们的每一次争吵，更加剧彼此的伤痛。不如这样吧，离开，悄悄地离开。

过去已不必再提起。美好的一切，在谎言的背后，有多少哀怨和悲伤。

一生寻找的，我想不是梦，而是一份宁静的心情，像佛前的一炷香，静静地燃烧成灰烬。

让一切消失在无人的小路上。那条路，我们曾携手走过。

自然和人类都会永恒。

你说过，雨停了，会有很好的太阳。

亲爱的，你，输了。世俗的，你的笑，在尘埃中，闪烁不定。

*作者拍摄于纽约洛克菲勒中心

 我坐在城市之巅遥望着你
在大地上记录那些不安的灵魂

她跟艮说了一辈子的话，心里就空了，
空得连一棵小草都让她爱惜。

_____

夏日正漫步离开

窗台上，酒杯里，那枝紫罂粟幸福的样子，什么都不去想，只是一味生长，慢慢枯萎。

时间是个黑洞，在不知不觉之间把梦想从鲜活的生命里一点点剥离，在那个无任何征兆的早春，艮选择了离开。

汝宁想，艮可能无法容忍纯真美好的挥霍殆尽吧，他把自己浸在了酒里，而同学们都说是因为他太过聪明。

汝宁眯眼看着镜子里的自己，柔顺的棕黑发过了肩，刘海有点长挡住了左眼。她的大眼睛里一直有艮的影子，有时轻佻不屑，放任自流；有时凝重呆滞，颓废孤独。艮教会了她唯一

的一件事，他说："你可以选择，你要知道选择。"这句话化成了晨钟暮鼓，每天都会敲响几遍。

离开艮已经一年了，汝宁却觉得已过去了十年甚至更久。在这一年里，她跟艮说了一辈子的话，心里就空了，空得连一棵小草都让她爱惜。她从未对人那么友好过，微笑、亲吻、拥抱。艮再不能说她傲气不理人了，她会接受同学们的邀请泡酒吧，随他拉上台唱歌跳舞，让他们载她在单车把手上送她回公寓。他们此刻肯定到了诺丁山的大街上，头上扎上黄方巾，等她来一起跟彩车去游行。

再不会有人像艮那样了解她了，她抹了两下口红，扎上黄头巾。

远远地，汝宁看见同学们在地铁口外的咖啡吧前，每人手里拿着草绿色的啤酒罐，映着头上的黄头巾，煞是好看。

他们仰着头笑着，顺着目光望去，一个女子站在汽车站的篷顶上，正在扭动，穿着长筒直裙，无袖T恤，紧绷绷的，丰满而妖冶。她忘我地扭着，车篷在晃动。旁边一辆彩车上，摆满了红艳的铁皮桶，每个桶前都有一个黑人，一边奋力敲打，一边舞动着，车周围的人群黑压压的也跟着流动着；空气里弥漫着酒和汗的混合气味。

他们看见她了，扔过来一罐嘉士伯，白泡冒了出来，湿了她的手和灰短裙。他们指给她看那站台。街道两边的小楼上，平日紧闭的窗户都打开了，伸出了许多脑袋，还有几个光头。

汝宁游离在狂欢的人群之外，看着他们宣泄狂热。这个城市彻底变成了一座中世纪的城堡，绅士都变成了小丑与野兽，淑女都变成了巫婆与仙女，孩子们欢天喜地。

不一会儿，她的脸红了，酒有些苦涩，一丝清香的味道留在了舌下。

这时，她看见有个人坐在路对面的铁栏杆上使劲招手。是在招呼她吗？啊，原来是那个少年，他身边依偎着一个金发女孩，梳了两条小编辫。

午后的海德公园，暴雨来去匆匆，高大蔽日的核桃树下仍落着雨滴，被雨水打下的青核桃，零散地躺在陈年落叶和树枝之间，宁静灰暗。夏日正漫步离开。

汝宁骑单车穿过树林边的小路，藏蓝色七分裤，白边蓝布

球鞋，白夹克，紫红色紧身背心。她像只小鸟轻快地飞到核桃树下，环顾周围，心想，那些经常出没的小松鼠都跑到哪里去了？她拣了一个又一个核桃，装进双肩包，直到背包鼓胀起来。

她上了单车，经过一片湖水，一只鹈鹕悠然自得地缓缓游弋。往日喧闹的公园，如今是一个人的世界，汝宁正这么想的时候，一条细细的黄带子挡住了去路。写着"police"*的黄带子，系在两棵大树间，前面是片一人高的灌木丛，似乎刚刚发生了什么，警车正转过前面的路口。

"嗨！这边走吧！"一个少年突然在她耳边说。她扭头看见了一双蓝眼睛，吓了一跳。"嗨"，汝宁反应过来，骑上车准备走，他一把抓住车把，她不得不下来。他盯住她说："来吧，这边。"汝宁迟疑了一下，他坚持着："几分钟前，两个女孩被电击了，在灌木丛里，警车拉走了她们，我看着警察用蓝帆布裹了她们拉走的。"

汝宁听说过前两年这个多雨的城市都有人被雷电击中的消

---

* 意为警察。

息，没想到，这样的事发生在自己眼前，就在前一刻。如果不是拣那些核桃耽搁了时间，她可能也跟她们一起离开了。

她推了车跟了他走，他滑了滑板，说笑着，她却一直沉默着，用微笑回答他。走到了伊丽莎白女王像前，女王手里的宝剑湿漉漉的，她想起花店外面摆放的白牡丹，绿莹莹的挂着水珠。她想起了艮，离别那天艮红红的眼睛，滴在她脸颊上的泪。

不远处的戴安娜宫，还有零星的小花圈依靠在金闪闪的铁门上。她想，戴安娜好幸福，她毕竟爱过，而艮呢，青春才刚刚开始，就像刚离去的那两个女孩，还未走进生活，还在梦想的年纪，却早早地离开了。她本来刚才可以离开的，就可以去见艮了，是那些核桃，青核桃，留下了她。

他送她出了公园门口，都没问彼此姓名。他比艮小得多，却强壮得多，英俊坚定，充满活力。她看他的蓝眼睛，那里没有一丝忧伤，他被看得有些害羞地笑了，拉拉他的头盔。

晚上看新闻，汝宁才知道，那两个女孩只有十七八岁。

她把核桃倒在床上，拿起一个咬开，苦得她吐了出来。

那是不能食用的核桃，她不知道。她到后院，拿给小猫，小猫都不吃。她现在知道了，是青核桃挽留了她。她随手摘了朵紫色的罂粟，插在酒杯里，他听见艮说："傻丫头，知道吗？你很漂亮。"

　　她仿佛看见艮一笔一画地写下："午后的海边沙滩，暴雨过后，巨大裸露的礁石边上，刚被海水冲上沙滩的水母，零散地躺在各种贝壳和水草中间，宁静灰暗。夏日正漫步离开。"

生活都变了，
而我们的心没变，不是吗？

我的网友——"顶住朔风"

我刚上网的时候，晚上经常跑去一个音乐聊天室玩。那里长期驻扎着一群发烧友，夜以继日，总有快乐的音乐响起，有时一聊就是通宵。我们聊古典，聊通俗，也聊摇滚。

有一天，我和几个人正在谈论"死亡音乐"，一个叫"顶住朔风"的人一上来马上打出一片骷髅，每个骷髅下都画着小叉叉。

显然，"顶住朔风"和我们这群人格格不入，以后也证明我的猜测是对的，他从来不谈音乐和歌曲，倒是喜欢说一套套的古诗词，什么"关关雎鸠，在河之洲，窈窕淑女，君子好

104

述”，什么“对酒当歌，人生几何”，什么“青青子衿，悠悠我心”。这些古韵，夹杂在“死亡音乐”中，让我化干戈为玉帛。

和“死亡音乐”相比，我喜欢古诗词多一些。为什么喜欢这些东西？以至于后来，我为什么喜欢这个叫“顶住朔风”的男孩子？我想了又想，大概是我小时候看遍琼瑶爱情小说的后果，成年后又深受金庸武侠小说的影响。

“顶住朔风”则不然，见到他后，我才知道，他才是真正的古文爱好者，同时是位一流的书法家。

经过大约半年的倾心交谈之后，我们成了“忘年交”。他总是以老学者自居，大谈他的古诗词，我还是聊我的音乐，我们意外成了网友。他常常妙语连珠，语出惊人，有他在，时光变成了《明月几时有》和《独上西楼》。

毫无意外，我发现，我渐渐喜欢上了他。我每天晚上都跑去聊天室看一眼，看他在不在。他在，我就进去卿卿我我一番，他不在，我会莫名地感到怅然若失。

后来，我们加了彼此的QQ。再后来，我们互通手机号。他的声音出人意料的年轻，充满磁性。

"见面吧。""顶住朔风"先提出来。

"见面？"我从没想过会见网友，我实在想在心里留下他的美好形象。不过，聊天室里有好多见过他的女孩子喜欢他，这我知道，转念一想，见见他也无妨。

后来又通过几次电话，我终于答应了他，心想，就当我去唐代见见李白好了。

"我们去哪儿？"我问。

"不知道，你说吧。""顶住朔风"说。我心想，他还挺体贴人。

"我每天去滑冰，你来冰场好了。"

"好吧。"

那天下班，我脱下浅藕荷色的纯棉半袖衫，紧身的一步裙，换上水蓝牛仔裤和白色T恤，蹬上那双跟了我七年的花样白冰鞋，在冰场上旋转起来。

有几个放暑假的中学生在我周围穿来穿去，一个淘气的男孩刚学滑冰，跌跌撞撞冲向我，我没防备，一下被撞倒在地。

我爬起来，气鼓鼓地冲向护栏，刚站稳，见一双疑惑的大眼睛正盯着我。我瞪了他一眼，回转身去，却听到有个声音说："你是若雨？"

我马上转过身，仔细再看，一个中等身材的大学生模样的小伙子看着我。他长得挺好看的，长方脸，大眼睛，我的目光一秒钟扫过他，宽松的格子半袖衫，宽大的齐膝短裤。我心想，这也太随便了，哪像个学者啊？！而且太年轻了！

我换好衣服，收拾行装出来。他坐在冰场的咖啡屋里等我。

我知道，他一直盯着我看，在研究我。

我笑着走过去，坐在他对面。

他拿出一个长纸卷，说："给你的。"

我接过纸卷展开，上面写着"书香"，两个王羲之体的毛笔字活生生的像一对儿小黑兔跳出来。

"谢谢你。"

"不客气。"

往日的调侃不见了，我们都很拘谨，我一下子明白了一个道理。网络里怎么玩闹开玩笑都可以，见了面就不能了。

显然，我们对彼此的印象不错。他说他研究生刚毕业，正在找工作。

我们跑到麦当劳大吃了一顿，我执意付款，他很不好意思。

"你还没工作，当然我来请你。"

他只好答应了。

他根本不是网络里的那个"自大狂"，实际上，他很内向文雅，眼神里有很深的忧郁。

我们在黑漆漆的立交桥下分手。

后来，他找到了一份不错的工作，然而，见过面后，我们在聊天室再遇到，不会像以前那样无话不说了。

后来，他打电话给我，要我去他家玩。

我因为想了解他这个真实的人，于是欣然答应。

那是个周末，我特意换上牛仔裙，连帽黑色套头衫，这样和他走在一起比较合适，他显然还像个刚毕业的大学生。

这次他请客，他上班挣钱了。

我们有些放开了，不像上次见面那么拘束了。

他骑自行车带我，我坐在后座上，一只手死死把着车座边。我的长发吹在他的衬衫上，我用另一只手轻轻拽了他的衣角。

他多像艮啊，艮永远是他这么大，表面的狂傲，内心同样的忧郁。

我们在他卧室上网，我们去往日那个聊天室互换角色说话。我们一起哈哈大笑，他抚摸我的头发，深情地望着我，说："你的头发真美丽。"

"你是寸头，羡慕我的长发了？那你留长发吧。"

另一个大屋是他的客厅，一面墙的书架和书，另一面墙上挂着齐白石的虾图，一个矮茶几，除了这些什么都没有了。

我们光了脚席地而卧，他拿出古箫吹了一首乐曲，我躺在他大腿上，跟着哼唱。

那是《雪山飞狐》的插曲"雪中情"，在炎热的夏天，演绎这样的曲子，好似吃了香草冰淇淋。

雪中行，雪中行，雪中我独行。

挥尽多少英雄豪情。

唯有与你同行，与你同行，

才能把梦追寻。

小茶几上堆满了纸墨，屋子里气味并不好，他打开了阳台的窗户和门。

后来，他跑去冲澡，我起先不知道，看他书架里的书，什么《史记》、《资治通鉴》、《孙子兵法》。

我正看书，抬眼看他走进来，摇着他的湿头发，光着上身站在我面前。

他的呼吸急促，眼神迷离。

"我得走了。"我赶紧说。

他不好意思地快速套上上衣，说："我送你。"

那天阳光灿烂，他好像在说他以后想干什么，我只是听他说，觉得好像和艮走在往日的燕园里，周围还是那些熟悉的红砖小楼。

在路边，我让他招了辆出租车。

车开出去了，我看见他站在路边，向我招手。

他年轻的样子永远定格在我的记忆里。

后来，我们没再见面了，我们都怕再见了面会犯错误。

我们依然是网络里的好朋友。

再后来，他交了一个网络女友，以后他甩了人家，那女孩子好伤心，转眼嫁了个旅美华人。

"顶住朔风"在他们单位认识了个漂亮的女孩，转眼结婚了，生了个可爱的女儿。

我出去留学了，认识了现在的男朋友。

生活都变了，而我们的心没变，不是吗？

那段美好的网络奇缘，成为青春里的一道风景线。

他把自己瘦削的身体浸泡在忧郁的酒里，
让她心疼。

那个春天

他们忘了归期。

他像听雨落的声音一样听她的呼吸，听到了细雨里花开的
声音，还有那些不知名的草从土里钻出的声音。

他看见了荔枝的果皮在她的指间剥落。

他的手伸得很长很长，连一点风都摸不着，她就笑了，说
他笨。

天初暖。

冷冷的烟雾，如涨潮时的海水弥漫着整个墓地夜晚的上
空，世界便是青色的了。偶尔有几束白色的花，随着人潮涌动

着，裹着他渐去渐远。

她想起了他的葬礼。

他的亲人很少，朋友也少，有的还没来得及告诉，所以参加他葬礼的人少得可怜，那一天，显得格外的冷清凄凉。

他的几个好友都来了，只是当时她感到有些模糊晕眩，现在有些人她想不起来了，那天好像是情人节后第二天，当她知道噩耗的时候，除了一片空白，什么都不存在了。

她和他毕竟是很好的朋友！

他很坦诚，也很直率，好像对什么事都不热心，给人玩世不恭的感觉，其实，他在乎的事真的太多，都在他心里，没有表露出来罢了。她和他很合得来，在一起的时候，几乎无话不说。

他是个幻想丰富颇重感情的人，这几乎成了他生活的全部，使他活得很沉重，他把自己瘦削的身体浸泡在忧郁的酒里，让她心疼。

他是在孤独和谐的喜悦之中，在寂寞的思想夜潮之上，坐在他那生长痛楚的小屋里，结束了他年轻的生命。

他总说，喜欢任何东西都比喜欢人容易得多，而对于人来说，一旦喜欢上了，要想不喜欢反而更不容易。

　　那个春天，她仍然能感觉出他那颗孤零零的心，依旧在空气中飘飘荡荡。

　　日子依旧，情萦悠悠，而她再也看不见他了。

他的记忆将会随着她痛苦的递增而
一点一点地消失。

日历撕掉的，永远是昨天

　　她和他是前世修定的缘分，今世没有安排妥当吧，隔了一段长长的旅途，他在旅途的那一边，她在旅途的这一边。偶然相遇，他仰头看她，她低下头看他，想多看一会儿都不行，就匆匆地远去消失了。

　　要怪只能怪他们都正在撮火的年龄上。

　　他的记忆将会随着她痛苦的递增而一点一点地消失，那渐渐发亮的已不是美丽的地平线，而是大段大段的空白。

　　分手时，她看到的是他的背影，她的双眼模糊了。

　　那些日子阳光很少，都照在那座古坟堆上了。

她那双会说话的眼睛很大很美，蕴藏着水一样的柔情，很可爱。她的唇很薄，嘴角还有淡淡的微笑，在他梦幻的时候开满紫色的花朵。

她的脸贴着他的胸膛。

她的长发垂着，他闻到了她体内的花香，发丝上也有。

时间走得真快。真实了，就什么都没有了。

夜已沉没，无所谓拥有，经过就是生长。

没有什么能伤怀的了。

他在海边站了一会儿，天湛蓝湛蓝的，沙很白很白。

她也在那里了。她怕沙烫脚，穿了鞋在沙上走，还跑到海水里，天真而可爱。

那一刻，他觉得自己像是睡在了冰床上面，微风吹来，他闻到了家乡后山坡上野百合的花香，还有一些雏菊的暗香。他用海水洗脸，洗着洗着月亮满天了，洗着洗着人就老了。

她站在飞机的翅膀下，遥望远方，望了很久，许多人都默然看她，她走开了，上了飞机，她又从飞机上走下来，一边回头一边从机场的侧门走了出去，看不见她了，他就回过头，还

用海水洗脸。

她跑到海水里，海水打湿了她的花裙子，他一直不停地按动照相机的快门。

他们夜晚出来游泳，什么都凉了许多。她在涨潮的海浪里跳着笑着，海水打湿了她的长发。她很美很美，一路上许多人没完没了地看她，就连女人也看，看得她很不自然。

尽管世界以千百种姿态摆放在橱窗里，而日历撕掉的永远是昨天。

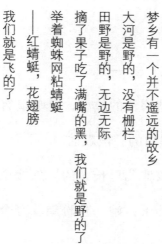

三

蓝色乡愁

梦乡有一个并不遥远的故乡

大河是野的，没有栅栏

田野是野的，无边无际

摘了果子吃了满嘴的黑，我们就是野的了

举着蜘蛛网粘蜻蜓

——红蜻蜓，花翅膀

我们就是飞的了

童年是有记忆的河水，
当它终于消失在遥远的山那边，
我知道，我的生命不得不展开在尘埃中。

童年的歌谣

（一）

童年是幻影，是模糊晦涩的故事，是玻璃窖下的秘密，是那些秘密从彩色蜕变为黑白的一段歌谣。

小时候，我是在男孩堆儿里长大的。怎么说呢？奶奶有五个儿子，后来有了两个孙子，她一直盼望着有个女孩，就盼来了我。

我很富有，有两个哥哥。小哥哥是叔叔的孩子，只比我大一个月，沉默寡言，我摘了大大的西红柿递给他，他只会腼腆地笑笑。大哥是大伯的孩子，因大伯从哈军工毕业后去支援三

线，他就一直在奶奶家长到十六岁才离开。

大哥离开那天，我走在放学路上，看见有轨电车道对面，他跟在我的爸爸身后慢吞吞地走。我没喊他们，他们看见了我也不说话。他离开时的样子，刻在了七岁的我的心底。

他回到了湖北的父母身边，我开始不断给他写信。偷看爸爸小说的时候写，捉迷藏的时候写，画小人书的时候也写，却没有寄出一封信。那时只知道想念他，我再不能穿着漂亮的花裙子跟在他身后跑了，再不能跟他去大河捉蜻蜓了。

大哥长得像郭富城，浓眉大眼，后来我想，我从什么时候开始爱他的，好像从有记忆就开始了。一直爱他，爱到我上初三那年，他旅行结婚，回到奶奶家。

我听说他回来了，兴奋而狂喜，一路奔跑着，我还记得那天我穿了件粉白相间的连衣裙，齐眉短发。可是，我推不开门，木门反锁上了。哥哥来开门了，很疲惫的样子，睡眼惺忪，里屋坐的是一个娇媚的女人。那时，我一定是很嫉妒的，嫉妒她把我哥哥抢走了。

嫂子娇小可爱，是大伯那个单位领导的女儿，一直追我大哥。湖北女孩厉害，大哥招架不住就投降了。婶婶不喜欢这个儿媳，后来，嫂子生了个女孩，也就罢了。

奶奶去世的时候，大哥回来守灵了。零下二十几度的冬天，我和他穿了长羽绒服，坐在院子里，奶奶的照片前，守着那盏油灯。我没说，我怪他，在奶奶活着的时候不多回来看看，我没说，奶奶有多想他，看他的照片会掉眼泪。

想写童年，却写起了我的大哥。也许是因为，他是我童年里最重要的人了。

（二）

童年是有记忆的河水，我只能看着它快速流走，带走天真欢笑无忧无虑。当它终于消失在遥远的山那边，我知道，我的生命不得不展开在尘埃中。

小时候，爸爸妈妈是银行双职工，工作忙，送我去了长托幼儿园。而我不愿意去，每次都不愿意去，怕那个老师说的，窗外有大老虎，还怕对面二层小红楼上的人喊叫。

我喜欢唱歌跳舞，总是被老师安排去领舞。不知道为什么喜欢跳舞，也许，那样，就没有恐惧了吧，跳舞的时候我很投

入，什么都忘了，甚至忘了害怕。

记住的片断，像烟花一样短暂。记得，喜欢跑到院子里挖土坑，很小的土坑，把自己的宝贝诸如彩色的小玩意，糖纸啦、小扣子啦放进去，然后用小玻璃片罩上，再盖好土。然后，每过段时间跑去找，去看，直到忘记了它在哪里。

记得，运动会比赛，我得了个塑料的小动物，橘黄色带小斑点的圆形的小鸡，没有腿的。还记得，有个好看的小男孩，名叫珉，我总跟着他玩，我们手拉手，睡觉的时候也拉着手。

四岁的时候，第一次去了北京，于是，只要见到灯火辉煌的地方，就说是北京。没想到，十八岁第二次到了北京以后，就在这个古都住下去了。

（三）

不必知道，欢乐和悲伤有什么区别，更不必知道记忆和忘记又有什么不同。小时候，哭的时候，抓住幼儿园的绿色铁栅栏不让妈妈走。笑的时候，在舞台上假装地笑。能记住的东西很少，我想，我是个忘性大的孩子，真正有记忆开始的时候，恐怕是到了十岁。

十岁的时候，离开奶奶家大院的子弟小学，转学到了市重点。老师介绍我的时候，珉在下面喊我，于是，我们又可以在一起了。

十岁的时候，电视台到学校选孩子演讲，选上了我。我很紧张，每天吃过晚饭，偷偷跑到小洋楼外面背台词，直到上电视前一天，爸爸妈妈才知道了，他们笑我隐瞒他们。

站在拍摄现场的灯光下，我还是紧张，我一直盯着在下面坐得很端正的同桌，我开始讲周恩来小时候的故事，讲"为中华之崛起而读书"，硬着头皮讲了足足十几分钟。

十岁的时候，我去了班主任老师家，她有个小女孩，小儿麻痹，手是蜷缩着的，但她的脸可真漂亮，漂亮得让人心碎。

十岁的时候，一个男孩用钉书钉射伤了另一个男孩的一只眼睛。班主任因此离开的时候，全班人痛哭。

小学毕业时，我知道了害羞，跳集体舞的时候，和男生拉手会脸红。

十一岁考舞蹈学院，老师说我条件都很好，而看妈妈身高不够，她不知道我爸爸个子很高的，要是爸爸领我去考，肯定

考上了。不过很庆幸，感谢那个老师，因此我没去搞舞蹈。

　　小学毕业，我收到了男生送的第一个礼物，是一本《木偶奇遇记》。第一次，隐约地喜欢上了他的脸庞。

水乡

雨立

*图为作者所绘《水乡》

红豆非红豆，树影照薄冰。
叶落覆枯草，暗枝凭空寂。

我希望我们只是说些琐事，
把吵架的事儿都忘了才好。

我的老爸

我和老爸吵架，吵到互不搭理了。他这个圣诞节被邀请去香港讲学，现在可能正站在讲台上，一定又是神采奕奕。学生喜欢听他讲话，因为他从不说教，只用事实说话。我知道他喜欢学生们崇拜的目光。

我也崇拜过他，崇拜到我离开家上大学为止。从此之后，我一直都在"背叛"他，他一直很生我的气。当然，他的学生遍天下，都听他的话，唯有我不然。

离上次吵架已经三个多月了，我曾经几次想拿起电话打给他，可最终还是放弃了，我不知道说什么，我是个从来不会认错的人，从小到大就没认过错。

我现在只是通过我妈打听他的近况。

老爸知道我爱他。我把我所有的保险单据的受益人都写上他的名字。

有一次，我打电话到学校，有人说校长住院了。我愣在那里，眼泪"哗哗"下来了。放下电话，我马上打算去买飞机票，回家看他。后来我打电话到医院，听老爸慢悠悠地说："闺女，我在疗养，只是腰肌劳损，快好了。"我嗔怨他不告诉我。

老爸喜欢和年轻人谈天说地，每次我领同学回家，他都非常高兴，特别是人越多，他越高兴。他拿出好烟招待，别人不抽，他抽，他高兴的是能抽烟。没人的时候，我把他的烟藏到衣柜底下，他总是找不到干着急。我有权管他抽烟，一天只准他抽几支。我不在他身边，他就"解放"了，他抽得很凶，一天能抽一盒半，说是为了写文章。

老爸毕业于哈军工。他刚工作就遇到了我妈，我妈那时候才十七岁，又活泼又漂亮，是单位的广播员，百里挑一选

出来的。爸爸年轻时长得像极了王心刚，就是演蔡锷将军的那个人。

他俩在私底下恋爱了。在那个年代，那可是不得了的事儿，是要挨批斗的。在大会上，有当官的问："你们是在谈恋爱吗？"我妈聪明，反应快，没等我爸说话，马上站起来，说："没有！"他们这才躲过了一场浩劫。

他们走到一起的故事，颇具戏剧色彩。当时，单位的大领导要纳我妈做儿媳妇。不知道他们是怎么躲过去的，想来一定是非常艰难，想尽了办法。后来，单位解散了，所有人都被下放了，他们才得以在一起。

他们结婚的时候，只有一床被子。我外婆告诉我说："你爸在婚礼上，光着脚丫跳舞。"我外婆还说："你爸不老实，第一次来咱们家，说是你妈的领导，送她回来。"妈妈那时候念夜大，爸爸每天骑自行车送她回家，为了不让外婆起疑心，他撒了谎。

我外婆喜欢有知识有文化的人，也不在乎奶奶家清贫，自然同意了他俩的关系。老爸很争气，在外婆那么多的女婿中间，是唯一一个被列入"名人录"的人。我降生在这个世界上，是多么不容易又多么幸运啊。

我没听老爸的话，走了好多弯路，至今还"死不悔改"，是有些过分。但是，我的自尊一直在作祟，我不想主动跟他和好。

我希望他从香港回来，路过我这儿，我们只是说些琐事，把吵架的事儿都忘了才好。

我离她越来越远，
而她的心一直紧贴着我的心。

亲亲的外婆

我的外婆是个罕见的奇异女子。

外婆早年丧父，据说她父亲是个赌徒，把豪宅大院赌没了，她母亲拉扯她和她的两个哥哥长大。

当年，她母亲追着她裹小脚，她逃开了，沿着大河跑了好远好远。她说，嫁不出去就不嫁，反正我不裹脚。

在那个兵荒马乱的年代，她善良传统的母亲撒手人间。她的二哥失踪，她怀疑他被日本鬼子抓去当壮丁了。她一辈子都在寻找他，在台湾、在日本都找过，但是没能找到。外婆曾伤心地对我说，也许他早不在人世了。

外婆一直和她的大哥相依为命。

后来，她大哥娶了个媳妇，她曾是个烟花女子，对我外婆不好，不再供她念书，给她找了户人家，想把她嫁出去。

外婆高小毕业，上的是教会学校，是有知识的女性，她懂得反抗，懂得男女平等。

外婆为此离家出走，逃到老师家里，给老师家干家务，继续学业。

"可是，我还是没逃出去。"

老师给她介绍了个留日学生，她把自己嫁了，不过是她自己做主。

她感慨地说："小雨啊，直到掀开红盖头的那一刻，我才知道你外公长的什么样儿。"

她终究没能自己选择自己的婚姻。

我想，她一生都在心底责怪我外公，因为她从不说他好。直到我外公去世，她才开始念叨他的好。

她因嫁给我外公，辍学了。她为他生育孩子，本来她考上了电影厂的美工师，被录取了，却为了家庭而放弃。

132

她因外公的反对，拒绝了大导演要她出演女主角的邀请。她年轻时长得似周璇，有些大导演在大街上追着她，非要她去演电影。外公说，那是"戏子"，他看不起"戏子"，所以他坚决不让外婆去。

外婆一生生养了十一个孩子，这十一个孩子都很有出息，他们就是她的最大成就，他们实现了她的所有没有实现的梦想。晚年以后，外婆成了家里的"太上皇"，她非常有威望，也非常幸福。

外婆拿着杂志给别人看，告诉人家，在这本杂志上有我们家三个孩子，他们出类拔萃。

外婆喜欢画画，喜欢写字。

外婆硬给我套上一个翠玉手镯。在那么多孙子孙女外孙女外孙子中间，她独独给了我她的玉手镯，也许是她觉得我跟她一样喜欢画画，也许是我的脾气最像她，更也许，她想用美丽无瑕的镯子附在我身上吧。

我离她越来越远，而她的心一直紧贴着我的心。

我替你活着，替你抗争，
我总是独自挥舞宝剑，披荆斩棘。

奶奶，你已经好久没有到我的梦里来了

奶奶，我坐在联合国主席的位置上向你招手，男女平等，
孙女比许多男子强。

奶奶仙去时正坐在沙发上，和爷爷说着话。

爷爷说着话，发现怎么没有回声？回头看奶奶，静静地坐
在那里。

奶奶是坐着走的，说着话走的，一瞬间走的，心脏衰弱走的。

那时，君子兰开着橘红色的花，鱼儿在鱼缸里游来游去。

那时，我在遥远的紫禁城，在她的牵挂里，在她的思念里。

或许我正在听哪个歌星的音乐会，和表妹坐在后排扯了

134

嗓子叫喊。

或许在上下班路上，骑自行车穿过天安门前的长安街。

奶奶离去之前，我做过一个梦，灰白色的梦—梦见自己沿着河边走，旁边一个少年掉进了水里，奶奶跳进去救他。

我喊奶奶，喊他会游泳，不用你去。

可是奶奶再没从水底出来，那水很浅很浅，她怎么还不上来。

奶奶离去之后，我又梦见了她，梦见她站在房门口。

我从白色的单人床上坐起，走出四壁白色的房间。

她远远的在前面走，一身黑衣，花白的长发挽了个髻。瘦弱的身影进了一个转门就消失了，我停在转门外醒了过来。

奶奶18岁嫁给爷爷，与她同龄的账房先生。她沿着大河跑啊跑，跑出了那个幽深的宅院，再也没有回去。

但是，"富农"的身份一直压在她身上，压了近三十年。

我苦命的奶奶，因为你的善良、贤惠、隐忍，我总是独自挥舞宝剑，披荆斩棘。

我苦命的奶奶，因为你的屈辱，羼弱，委屈，我总是孤傲

地坚守着自尊。我替你抗争，你不曾抗争的五千年妇女的卑微地位，我替你活着，活在与男人平等的阳光下。

你曾说要来北京看看，要和我待一段时间。我说好啊，却迟迟没有如你所愿，这是我的一个最深的遗憾。想起你笑我穿的牛仔裤，问我怎么没有裤子穿啊？想起你指着墙上的挂历，说那个女演员是我，想起你每次送我到院门口，一直站在那里不肯离去的身影。

你已经好久没有到我的梦里来了，已经过去了多少个春秋冬夏，你还好吗？

遥远的梦的那端，
你熟悉的身影的手总是搭起凉棚，
在日光下久久地等候着你的归帆。

想家的感觉

熄灭的灯再度燃烧的时候，风儿已经很疲倦了，雨也停了。

你从记忆的最底层向我走来，带着一身的疑惑，是那样的憔悴和幽怨，脚步有些零乱。

你说那些传说很美，美得令人感动而不能忘怀，你说你不喜欢怀旧，但那些事却总能想起，不需要时间和地点，每当你想起，你就看到了那抹送走星月的曙光，美得让人心碎。

你说你有世上最好的妈妈。

你说你有世上最好的爸爸。

大地都感动了。

那时候的你很小很小，你出门的时候，一缕慈爱的目光落在你身后的影子上，而你注视的却是溪水冲走了你折叠的纸船，那小小的纸船像一抹浮萍，跟着激流鼓动的漩涡，漩向遥远的地方。你的目光还在那小小的船上，而你却不知道你已把生命汇入了溪流，是那暗涌的流沙埋住了你的足迹，在你回首的瞬间，你已身在通向远方的梦的列车上，那时你长大了，你舒展着渐丰的羽翼，幻想着一颗追求的心，填满了机遇的广阔天空，我仿佛看见了你伸出车窗外向来送你远行的父母挥舞的手臂，我依稀看见了你满不在乎的笑容，我也看见了，当列车徐徐开动的时候，一股没遮没拦的热泪，终于奔涌出来，你说那是你第一次离开家，就离得好远好远。

我们都是孩子，永远也长不大。

那时候的你很小很小，还不知道漂亮是什么意思，就有许多人说你漂亮了。那些日子很长，每个周末你都坐在老房子前面的石阶上，苦苦地盼望着，直到你熟悉的身影在模糊中逐渐清晰，你的幸福跟着清清楚楚了。你不晓得这份喜悦有多久，

每次都是那个港湾像船一样在你手扶着的栏杆的外面慢慢模糊的时候，你的泪又浮起了你的身影，浮着浮着，你长高了，但你还是不明白那个窗子里面为什么要放个小小的镜子，你还记得你刚把那个好奇打破不久，妈妈又换了一个放在你拿不到的地方了，却没有告诉你是为了什么。

你说你很淘气，总是跟在男孩子的后面乱跑，当你也学着男孩子弹玻璃球的时候，那个玻璃球总是跑到草丛里，你找啊找啊，就开始上学了，那么小的你知道要"面子"，你不让别人说你，所以你能在一天里搭起十个不同的梦，而你却不知道自己的美丽曾使一个远方的旅人停下了跋涉的脚步，现在你也会无端地忆起那隔了一段遥远岁月的时光，你走过记忆的时候，那双小小的手伸向了蓝蓝的天空，那里只有来来去去的自由的风，盈满了一堆堆灿烂的回想。

你说那不是偶然的事．每次放学回家，爸爸都在那条马路的对面看着你低着小小的头过马路，每次都重复着那句你听惯了的话，而每次你又都是倔强地不承认你当时的不小心，现在你多么想再听一次那句话，当你再小心地注视那个街头时，看到的只有模糊了的记忆中的身影，你长大了，真的长大了，听不到唠叨了。

一些最纯真的爱被沉默缤纷的色彩遮挡住了，你说那是感动，你很想家。那天你的心情很坏，因为天不停地下着稀稀落落的细雨，你静静地站在教室的窗前，看着外面你曾走过多次的小路和路旁的那些在细雨里悄悄开放着的花朵，所有的情绪一起地涌上了心头，你找不到思想边界的时候，你就想家，你不顾一切地跑进了雨里，你还记得随手摘下了一片风雨里摇曳的叶子，那叶子和你的记忆一样湿润，你的手抖动了一下，抖落了忧伤，但你的目光还是走不出那叶脉的交错繁杂的网络。你不知道情感到底是什么，也不知道你是否已经真的长大了，你更不知道你的身后已是晚霞盈满江畔了。

相思的泪不断，你很想家。

世纪如过客，爱，有时就如潮水。

生命的每一次离合都敲打着心情的门槛，你的梦中总有稀奇古怪的事。

想家的夜晚，记忆的风捎来了那朵载满慈爱目光的云。你

说你的妈妈是世上最好的妈妈，你的爸爸是世上最好的爸爸。

你的梦好多好多，梦的原野上长满了你和你的奶奶都爱吃的酸酸的杏儿。

那时，通向记忆的路会变得不很遥远。

你说那目光好暖好暖，每当佳节到来，你就会看到遥远的梦的那端，你熟悉的身影的手总是搭起凉棚，在日光下久久地等候着你的归帆。

目光沉默的时候，谁又想起了那张压在玻璃板下发黄的贺年卡？

你是否又唱起了童年的歌谣？

思绪肥了又瘦，风干了还会溢满。

年龄黄了又绿，不变的只是撕下的那些片断。

你长大了。你不想长大，因为你知道，如果你永远不长大，他们就永远不会老。

*图为作者所绘《故乡印象》

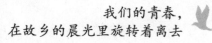

我们的青春，
在故乡的晨光里旋转着离去

你成为了一个快乐的孩子，
天真而快乐。

小雨让世界变得温暖而甜蜜

小雨出生时六斤二两，51公分，大小正好的健康婴儿，给妈妈接生的是德国留学回国的女博士，坚持让我自己生，但是妈妈到最后决定的一刻，还是恐惧了，要求剖腹。是妈妈自己签字的手术同意书，满满几大篇各种意外，然后妈妈躺在床上被推进了手术室，望见你的外婆向我挥手，还有你爸爸目送我们。那一刻，妈妈的心是视死如归的，以为自己可能会下不了手术台，会离你而去，但是只要你生下来，妈妈义无反顾。很顺利，医生拎起你给我看，告诉我是个女儿，你"哇哇"大哭，稚嫩的声音，我笑了。从此，你带给了妈妈多少的欢笑啊，辛苦里的欢笑，宝贝，妈妈感谢你，因为有了你，我才体会到做母亲的快乐。有了你，世界从此变得温暖而甜蜜。

护士给你洗第一次澡，惊呆了，你趴在小床上，两条小腿交替蹬着被单，向前使劲儿爬，护士从未见过刚生下的宝宝会爬，你天生有一双大长腿，像妈妈，运动能力像爸爸，他是万米冠军。十五天后妈妈才能下地，从那时起，你执意在我的怀里，很乖，你哭的时候妈妈晃着你，唱"大海啊，故乡"，"蜗牛的歌"，"月亮代表我的心"，一会儿你就睡着了。40天的时候你闹肚子，这可急坏了我们，吃了好久的药也不好，幸好妈妈的同学的孩子以前也闹肚子，吃"妈咪爱"好的，你吃了一次也好了。半岁时起了幼儿急疹，发烧40度你还欢蹦乱跳地玩，妈妈没带你去医院，猜到了你是幼儿急疹，第三天出了疹子就好了。

你小时候常感冒发烧，吃多了也会发烧，没少跑儿童医院，几乎一月一次。两岁三个月时，不得已送你上幼儿园，因为妈妈要上班，送你去了音乐学院幼儿园。在那里，你天天听着美好的音乐，渐渐地长到了四岁。后来转去国管局幼儿园，

那里教国学，你那么小，端正地坐在那，真是难为你了。直到你上小学，你很开心上课有事做，不像在幼儿园那样傻坐着。你喜欢上了学习，喜欢上了上学，每次开学前一天你都会兴奋得睡不好，两三点就起床要上学。

　　你很聪明，两岁三个月能背23首唐诗，四岁开始学会了轮滑，又学了钢琴和小提琴。妈妈只要你学会就可以了，从不让你考级，不给你压力。就这样，你成为了一个快乐的孩子，天真而快乐。

四

一座城和一支笔

我跟时间开了一个玩笑
那不是考验你，只是跳一个舞给你看
哈德逊河会倒流，每天早晚两次
我的心也一样，每天疼上两次

我的心是旷野的鸟，
在你的眼睛里找到了它的天空。

奔驰在美国西部旷野

（一）出发前夜

秋天过去了，我要去夏天旅行，但是不能再穿连衣裙了，
要穿上牛仔裤、套头衫、旅游鞋，戴上墨镜和草帽，向着你出
发了。我知道你在等我，等了三年，或许更长的时间，你已不
是稚嫩少年，虽然你的笑容还是稚嫩的俏皮，但是在你的目光
里，我找到了丢失已久的律动的波、诱惑的光和沉静的美。

我知道你一直在。我知道你倒着活了一次，一定有许多
有趣的故事发生，因为我看见你站在西部的讲台上，看见
了我坐在绿色的窗下，有那么一刹那，你忘记了你自己，

我也忘记了我。

你不知道，你早已扎根在我的身体里，我带着你离开，离开你不舍得离开的深海，离开你不忍心离开的天空，离开你自己，而成为我。

（二）飞行途中

机场弥漫着汉堡的浓香，有些人坐在滚梯外边金属台上上网，趁登机前半小时一个人逛逛小店。

就要起飞了，广播里要人们关掉通讯设备。我发了几条信息，无关痛痒的一两句话，似乎万一飞机掉下去了，我也没什么遗憾。

在丹佛转机，结果我把随身带的《张爱玲传》落在飞机上了。在飞机上挨着个纽约来的老太太坐，她一路都在讲一年前去世的丈夫，她的家和她的猫，还给我看了好多她拍的图片，其中有一张一只大黑熊站起身正在过马路。她说是在纽约郊外的熊山照的。夏天时我也常去那里游泳、野炊，怎么从来没见过熊呢？

她和我说她在苏荷区办了个艺术学校，经常组织绘画活动，邀请我去参加。她不知道我也喜欢画画，飞机落地后打开手机给她看了一些我的油画、国画和毛笔字，她惊讶诧异，喜欢得不得了，简直痴迷了，给我留了她的名片并在上面写下了地址、门牌号和开门密码，她说她喜欢我，要我一定去参加她组织的艺术活动，是支持艺术家的活动。

飞机落到了一个野兽出没的地方，三个月前我来过，那时白雪覆盖的雪山不见了，只有山顶残留了一小片雪地，停机坪通向出口的水泥地上画了许多野兽，狐狸、麋鹿、熊，一扇弓形门全用鹿角的画拼起来，机场工作人员站在门前热情欢迎，我问那些鹿角是真的吗？居然都是真的，涂了一色白。穿过门洞，到了机场大厅，慕斯铜像立在面前，巨大的鹿角挺拔高傲，抬起了左前蹄。

窗外云层厚重，吻着青山，那是三个月前我曾穿越的雪山，像梦一样的雪山，已变成了青山。

整个机场用原木做的，屋檐下没有鸟能做窝的角落，每根木柱子上都支出一块金属板，上面立满尖针，防止鸟落在上面。

远远看去，雪山插入云端，山脚下是一片针叶林，再前面是一道灌木丛，最前面道路两边是绵延不断的荆棘草，荆棘草地中间零星立着几棵松柏，偶尔出现一座木房子站在高坡上。山峰峭立的地方覆盖了白雪，荒凉寂静，仿佛到了世界之外。

这里是大提顿，麋鹿自然保护区，以荒凉原始的野味闻名于世。

（三）到达

西部风景美如仙境，初秋色彩虽然不够浓烈，却有着迷人的层次感，黄的不鲜艳却有温馨的浪漫，绿的不阴暗更有春天的娇媚。木栅栏全是用圆滚滚的树干做成的，路边休憩的椅子也是用圆滚滚的树干搭成的。这里早晚温差大，中午穿短衣，早晚穿夹克，我带了羽绒服没有用上。

沿着湖水寻去，雪山、云朵的倒影和蓝天的倒影都在水波上摆动，有无数颗星星闪闪发光，美得醉人。

这里的紫外线很强，纬度大约和中国的长白山差不多，针叶林、白桦林、野花野草覆盖大地，不是黑土地，裸露的是土黄色，覆盖了一层干燥的热浪，一路走去，惊起了蚂蚱，有的居然有蝴蝶那样鲜艳的花翅膀，振动翅膀的声音很大，大概因为周围极其寂静的缘故。第一次看见有翅膀的蚂蚱，因惊奇而感慨。

（四）蜗居小木屋

今夜与雪松一起入眠，听寂静的风从雪山风尘仆仆地赶来，轻拂着大地的悲凉，穿过森林的暗语，落在绿色窗轩。去年的松塔散落四周，像小天使一群，在圆月下唱着寂静的歌。

这里是美国乡村的深处，夕阳在山后露了半张脸，蛋黄色的像个梦，山的剪影隔开了梦。我在尘世里看着你的笑容，从静静的风语传来的都是你无言的青春，青春里的寂静，寂静里的馨香，淹没在森林深处。

落地窗隔开了两个世界。我在想你。

那时正是早上六点半，与纽约时差两小时。我想出去看看野兽，顺便采些野花。

昨夜睡眠太好，氧气充足的缘故。小木屋周围弥漫着松香草香，野花随便采摘，小小的花朵，紫色花瓣黄色花蕊，偶尔有一丛白花，或者几朵毛茸茸的玫瑰色花球。采了几朵紫色的

152

小花，玫瑰色的花球不能采，扎手，没看见野兽和小动物。

（五）漂流

今天去漂流，我准备当救生员，自信游泳技术一流，可以胜任。实际上，救生员是两个划桨的船员，水流也不湍急，根本没什么风险，一个皮划艇载了十七个人，其中我和两个女孩是中国人，还有五个日本人是中年夫妻俩带大大小小三个男孩子，12岁、8岁、6岁的样子。

在湖水上一路前进，前面的船夫大多坐在船舷讲解风景，河两边森林近在咫尺，遥远的雪山也不遥远，似乎能闻见雪的清新。每当遇到动物，船夫就站起身指指点点，一船人都会兴奋地欢呼，有白头鹰天上飞、树梢栖，有鹭鸶水上飞、水上游，还有各种飞鸟在岸上嬉戏，还看见了一群大雁掩映在鲜花丛中。天蓝云白，一些枯树倒下横在水面上，好像一幅幅油画，诉说着西部的空旷和纯净，令人感到无比震撼。

漂流了一个多小时，晒成了"干海苔"，才被送上了岸。森林里烟雾缭绕，有两个五大三粗的汉子正在烤牛肉，桌子上摆满了沙拉、水果、面包，两个大塑料桶装上了水管，拿了纸杯接了一大杯，"咕咚咚"一口喝下。

坐在木桌子前，和一帮人一起吃午餐，把他们烤好的牛肉夹在面包里，再取些蔬菜，就成了好吃的汉堡包。赶紧吃完，跑河边照了几张相，就听见船夫喊我们了。他们把我们送到了森林另一边的中巴上。

中巴的司机是一位穿国家公园制服的妇女，戴一顶米色牛仔帽，晒得红润的脸，灿烂的笑，崩豆一样的说话，引来了成群的美洲牛。车停在路边好半天，我们和美洲牛玩了一会儿。实际上，我们没敢下车，只是拍了些照片，看见远处一个小牛犊蹒跚的样子，可能刚生下没多久，牛妈妈可能太累了，趴在草地上。

葱绿的草地，没有一只牛抬头看我们，有一头扭过头，似乎在想什么，又低下头吃草去了。

（六）晨曦紫云

窗外一排青山在晨曦中变幻着颜色，六点时是粉紫色的，迷醉，睁眼看见大喊，太美了！拿起相机冲出门，山变成了灰色，梦境的绝美就那么两分钟不见了。湖面上升腾雾霭，到了

154

*镜子中的美洲牛，作者拍摄于美国西部

假如灵魂的羽翼还能婆娑起舞
你会不会在荒原鼓噪呐喊

草地前面，云涌进木屋了。半山腰山岬下雾霭轻轻飘着，仿若人间仙境，世外桃源。明儿要早早起，坐窗外看云。

坐木椅上，面对远山、湖水、草场树林，阵阵花香草香沁人心脾，雷声闪电都在群山后面，群山被云雾遮挡只露出淡灰的影子，对着粉紫色的野花看书。

（七）山雨

看得久了，山峦更近了，云更低了，围住了木屋，围住了木屋前的躺椅。听那一阵阵雷声、鸟鸣，树叶"沙沙"响，雨在山后徘徊，它的傲慢消失在森林的尽头。树梢一起摇动，雷声更响更急促了。我和草地野花拥在一起，没有醒来。

不愿意醒来，草地的舒缓，野花的俏丽，白桦树的恬静，飞鸟的自由，覆盖了心海，白云激起的浪花是寂静的，托起了雪山的清高、神秘和变幻的色彩。早上的雪山刚醒来时，披着粉紫色的睡衣，把你的魂儿都牵走了。傍晚，雪山戴上了橙色的礼帽，怀抱湖水草场，怀抱了我的梦。

白天，它威武挺拔，云是它的战袍，风是它的宝剑，大地是它的骏马。它载着我，奔向湖的源头，森林的尽头。它的

大手揽着我的腰，它的牛仔帽挡住烈日炎炎，它的嘴唇一张一合，飞出一只只美丽的水鸟，墨镜下一双湖水般迷人的眼眸，淹没了我的忧伤。

雷声断断续续响了一下午，才从山那边走到这边来。雨"哗哗"地敲打着屋檐下的青石，急促，清脆，落地窗挂上了水帘，溅起水花，顷刻间，草地与灌木之间的小路积了一个个小水洼。云朵联合成一片水墨，在湖上方山峰前裂开了一长遛白光。刚画好的钢笔画躺在木茶几上，透明的玻璃杯剩了个水底。雨声渐渐变缓，传来几声乌鸦凄凉的叫声，令我想起了《呼啸山庄》的一幕幕爱恨情仇。他和她在悬崖边的那棵树下拥抱永远。

雨小了，草香更浓了，雪山雨雾弥漫得更迷人了。如同有一只熊出现，伸出大拇指，能盖住它的影子你就是安全的。我伸出大拇指，盖住了最高的那座山峰，那最美的山峰在它右边正对着我，山巅中央有明显的一条雪道垂直而下。

几个小水洼不见了，水很快渗入干枯的黄土地，还有一个小水洼，几只乌鸦围了在洇水，时不时有两只扇动翅膀啄起来，好战的鸟。抬头看，雄鹰多么潇洒，默默占领了天空。

（八）西部酒吧

酒吧，穿红衣牛仔抱把木吉他站着唱歌，人声嘈杂，窗外雨绵绵。

（九）湖水游

美丽的青山雪山都不见了，晨雾弥漫，只剩下了草场，草原边缘露出一排低矮的山坡，与树一般高。

大厅里弹钢琴的小伙子小平头，长方脸白皙，眼睛盯着落地窗，我站在落地窗前，回头看看他，又回过头看看窗外。小伙子弹得如此轻柔美妙，像夏日鲜花曼妙的田野，小溪轻快地流淌，窗外的山被晨雾全部挡住了，湖中的小岛变得高大清晰，似卧龙跃出水面。一曲弹完他又换了一曲，是欢快的"天鹅舞曲"。

从卫生间出来，见黑色三角钢琴上放了一个绿苹果，一块红餐巾，小伙子不见了。

站在珍妮湖边，有那么一瞬间，我惊呆了，这不是我画过的地方吗？清水下圆圆的石头睁着眼睛，唱着动听的歌谣，远

处的雪山听见了，露出了笑颜。

总是有这样的地方，似曾相识，曾经到过我的梦里。就像有的人，虽然只是出现过一次，从身边像风一样飘过，却似乎已认识了好几世。

湖边坐着一对儿老人，一边吃东西，一边看书，一边聊天。我静静地走开，不打扰他们。

在美国西部经常能遇到这样的一对对老人。旅途上遇到最多的就是成双成对的老人。

广阔的大地上，总能听见震动翅膀的声音，比蛐蛐的叫声大，短促，认真寻了寻，才发现是一种会飞的蝗虫，有着蝴蝶那般美丽的翅膀。

在杰克湖买了块石头，沉积岩加铁艺镂空麋鹿，非常有西部特色。夕阳西下时在湖边拣了四块石头，一块白黄花纹像寿山石。遇到个小男孩打水漂，一下能打出一串水花，和他一起打了会水花，他来自俄亥俄州，金发碧眼，白里透红的小脸一双绿色的大眼睛，比夕阳都美。几条快艇游艇靠岸，山雨又来了。

（十）西部山村风情

雨下起来了，温柔的，缠绵的，轻打着石板，一只小小的带花纹的小松鼠钻过绿色木栅栏消失了，一会儿它又跑回屋檐下，抱起爪子吃它的晚餐了。

寂静的山水就在眼前，十几棵杨树的后面，万籁俱寂，只有雨滴"滴滴答答"打在屋檐下的石板上，野花一丛丛眨着眼睛，似沐浴后的仙女从湖水里走上了岸，一直走到了木屋前。她们隔着晶莹的水珠帘，粉色花仙子拉小提琴，白色花仙子吹单簧管，紫色花仙子弹钢琴，黄色花仙子弹吉他。

今天我去了艺术画廊、动物艺术博物馆、美洲牛和牛仔博物馆。画廊建在路边的一个小山坡上，门前有个小花园和一个小喷水池。走进门，见女主人正在木桌前做手工活，她友好地微笑。登上楼梯到了二楼，四面墙上挂满了油画，画里都是西部的风景和人物，大气，雄浑，一下把人吸引进去。

奔波了一路，夜晚寄宿牛仔城市。

这么小的牛仔城市，居然也有中国城。我们美美地吃了顿中餐。每天都吃西餐，吃腻了。

在西部奔跑，与丝绸之路有些相似，天蓝云低海拔高，空阔圣洁又似青藏高原。

（十一）黄石公园

在老忠泉等着它喷发，大约一小时一喷，喷出四五十米高，现在是白雾飘一团。白石头地表，四处，不，九处都在冒出白烟，有更多的地方冒出白烟。

坐在木头栈道上，等着温泉喷发。

（十二）奔驰在西部旷野

云的天，草的地，出现了一道宽宽的彩虹，从云下到地上，阳光透出云层的地方，山坡草场变成了淡黄色、嫩绿色，仿佛初春的生机盎然。

荒漠里冒出几个火箭，是美军某空军基地。

与一辆红色甲壳虫擦过，一个女孩子边打电话边驾车，好像我的师妹林子，她此刻正在珠穆朗玛峰大本营夜宿看星星。

我到达了西部最深处看星星。

途经科罗拉多大学，看见有许多人在玩热气球，天上飘了几个彩色热气球。

五只火鸡横穿山路，快速跑过去。

六只麋鹿在路边草树丛中吃草，一个爸爸带三个妈妈两只小鹿。

（十三）小山村

在西部小山村吃早餐。家庭小店，女主人是位瘦小的白发老太太，热情嘘寒问暖，男主人是位胖胖的老人家，在厨房揉面。牛角面包酥软香甜，我觉得是世界上最好吃的面包了。荷包蛋居然是成双的，前台小伙子英俊如西班牙斗牛士，服务生是两个十八九岁的女孩，美如天仙，身材瘦高，穿牛仔裤，金发扎马尾，眼睛深邃。

晨雾弥漫整个小村子，紫藤仙境，湖上游艇停靠岸边，穿行雾中，松子味道浓郁。

一对儿老太太老爷子从吉普车上卸下两条红色皮划艇，穿上救生衣，老太太冲我笑着喊，他们要下水了。

（十四）科罗拉多河

田野上，农民把草卷成一团团，像大啤酒桶形状，再用塑料布套上，露出两头。远看，那些草垛好像群群牛羊散落草地

上。西部路上总能遇见动物，像牛马，麋鹿。

美好的大自然和淳朴的乡村风情，赏心悦目。

我站在科罗拉多河边，旁有一块牌子上写着"淘金河"。

科罗拉多河从前是淘金者的梦，现在是旅行者的乐园，从前只是个名字，现在是见了面的朋友。

漂流，骑马，飞钓，看画展，走近野生动物，与路遇的各种人聊天，最美的是晨曦中的雪山和夕阳下的湖水，大自然美轮美奂。

（十五）大峡谷冒险行

又一次进入大峡谷了，西部最大的峡谷，科罗拉多纪念碑大峡谷。我看到了建造者的结婚照，一个瘦老头娶了个年轻姑娘，据说没几天就离婚了，因为他去和动物住在一起。

今天我救了七个人，我在山里发现毒蛇，警告了他们，幸好没有人被毒蛇咬。一米多长黄棕色恒斑纹花蛇躲在路边岩石下阴凉处，被我发现了。我告知路过的美国人，两对儿老人家，三个小伙子。后来在路上又遇见那三个小伙子，他们给我看手机里的照片，居然是其中一个帅哥双手举着那条蛇，蛇张开大嘴吞了半个松鼠。他说我们走了后，他们回来时看见那蛇正在吞松鼠，就抓起来照相。我说你们可以拍电影了，他们说是。

旅途上总能遇到类似有趣的事。根据我的经验，在西部峡谷丛林里行走要多小心，注意观察周围情况，不要自己去走没有开发的小路。

所有人都抬头看风景。我喜欢看石头，石头有美丽的花纹和亮晶晶的闪光，因为低头看石头，才发现了毒蛇。毒蛇可能饥渴几天了，才那样吞松鼠，如果有人不注意走近，还是在路边，估计会被咬伤。万幸，所有人都说谢谢我救了他们。其实，是石头救了我和他们。那里的石头太漂亮了，红色石头上有自然的绿花朵，在阳光下闪亮。

（十六）旅途中遇到的人和故事

旅途中迷路吃了次中餐，台湾女老板讲了她35岁来美国奋斗多年的故事，一位令人难忘的母亲。

自由是蓝色的，无处不在，天空海洋都在你心底。

我在加利福尼亚，太阳光烤得慌。

到了丹佛，科罗拉多州最大的城市，在红石国家公园的剧场遇到了上百个运动的人，在台阶上快步走或做俯卧撑或仰卧起坐，还有一群人跟着教练做健身操。见识了美国人民的健身潮。

（十七）在路上

我奔跑时，你就是目的地；我伤心时，你就是美丽的文字；我快乐时，你就是空气里的芬芳；我生气时，你就是温暖的被窝；我吃中药时，你就是冰糖；我游荡时，你就是风景；我思考时，你就是灵感；我画画时，你就是色彩。我知道，我疼时，你也疼。

我的心是旷野的鸟，在你的眼睛里找到了它的天空。

风儿为我唱情歌，星星陪我入梦乡，云朵轻轻叫醒我，阳光伴我向前行。

我想我依然会找到这里的蓝天，没有污染，
找到我们年轻时的友谊，没有尘埃。

将青春留在古老的伦敦

（一）风的话语

如果北京是个二十几岁的年轻人，那么伦敦就是一个挂着拐杖的老人。北京的活力和喧闹、鲜明的四季和风沙，与伦敦的安宁和萧条、永远的绿色和不断的雨季，像两幅画挂在客厅的墙上，让你想起一些色彩，一些建筑的风格，还有好多人的面孔。

远方清晨那拥挤的车流、嘈杂的人流，在人们的话语之间、玩笑之间已经远去了。我现在躺在温暖的草地上，看夕阳一点点落下，听时光的河水从身边流过。

当我老得不能再走路之前，还要到这里来看看，找寻年轻时的身影和记忆。我不知道那时的夕阳是不是这么美丽和祥和，是不是还有那么多可爱的孩子在草地上欢笑玩耍，我更不知道这熟悉的小房子、亲切的小烟囱会不会还在，也许倒塌了又有新房子，也许老房子翻修后改换了颜色，但是我想我依然会找到这里的蓝天，没有污染，找到我们年轻时的友谊，没有尘埃。

那条古老的街道还在吧，它有一个好听的名字叫坤斯蔚，我们走了好多次，还经常淋到雨，躲到路边的小店里等雨停。花店都把花摆在外面，玫瑰出奇的大，像牡丹，深红的金黄的，牡丹的花小多了，圆圆地蜷缩在一起，白里透出一点绿意，晶莹的雨滴从花瓣上坠落，我想起了故乡的那场暴雨，机场的路被封了，有泪从心底流过，我还是要远离故乡，远离亲人。

痛莫过于别离。古老的依然美丽，因为有岁月的痕迹，年轻的也会堆积不灭的记忆，懂得珍惜，懂得珍惜生命。

从年轻到暮年，从河流到冰川，一路风景一路徜徉，总有相逢的一刻，当我们白发苍苍的时候。

（二）叶子的思念

伦敦的建筑是古老神奇的，壮观的古堡，童话般的小楼，掩映在绿树鲜花中。和建筑相映成趣的公园遍布这个城市，形成了一种公园文化，大小不一，错落有致，风格各异，但是有共同的特点，安宁又自然，充满生机又祥和清净。

伦敦的公园可以说是鸟儿的巢、花儿的家、树的故园，是人们与动植物最贴近、最和谐共处的地方。我喜欢这里的公园，如同喜欢西湖上泛舟听书的雨夜，喜欢九寨沟的海子、彩林和雪山。

我第一次去的公园叫海德公园，正逢周末，公园的主路上到处是演讲的人和围观的人群。无边的草地上，人们悠闲懒散地晒着太阳，飘逸的柳树林后，湖水闪闪发光，天鹅、大雁、野鸭子在湖边嬉戏。我躺在草地上，闭上眼睛，听城市远处的嘈杂，车声、人语声、风声与草香和阳光混合在一起，就像回到了记忆里的故乡，回到了童年戏耍的河边，回到了外婆家那幢小洋楼的窗台前。心底里最遥远的岁月渐渐清晰起来，我知

道那些思念的露水已覆盖了我淡淡的哀愁。

我想起了北京的公园，红墙绿瓦，风铃吟唱，好看的对联好看的戏院。我已经开始想念那远方的风土人情了，我知道我属于那里，无论我身居何处，我的心我的爱都还留在那里。

（三）像云一样飘过

伦敦的雨像孩子的脸，一会儿哭一会儿笑，经常能看见云海茫茫，非常壮观。躺在草地上，戴着墨镜，透过刺眼的阳光看云彩移动，云有时候走得飞快，你能感觉到时光的流逝，时空的转变。因为有云，雨就来了，一片云一阵雨，来去匆匆，所以看不见撑起的好看的雨伞。

雨，是一种情绪，是一种感悟，也是一种淡淡的离愁，围绕在你左右。只有感受了伦敦的雨，你才会明白世事的转变，生命的短暂。所以，你没有任何理由不珍惜时间和生命，没有理由离开这个尘世。

朋友，好好生活吧。记得过马路的时候一定要走人行横道，记得病了的时候要吃药。

就这样，缠绵的雨季悄悄地过去了。夏天来了，站在草地上，看蓝天上的云彩，看一架架飞机从不远的地方轰鸣着飞去。数一数，每三分钟就会飞过一架，我想那其中一定有飞向北京的。

遥远的已不再遥远。

她成了我的向导，
我成了她的茉莉花。

爱丁堡的洛贝卡

（一）

到达爱丁堡的第二天，我早早起来，穿上灰色短裙白色夹克，背着双肩包想穿越这个古城。

正值一年一度的爱丁堡国际艺术节，城堡周围大街小巷都被流浪的艺人占领了，艺术馆广场上支着一大片画板，城堡脚下的公园里上演露天演唱会。

我从城堡出来后，徘徊在磨光的大石头铺成的路面上，看一个人像石雕一样摆个姿势一动不动，然后突然跑向我。听钢琴家在古老的小房子前弹奏月光曲，我像个幽灵一样，混杂在听者中间，变成了一个彻头彻尾的流浪人。

在咖啡屋聚集的路边，有个年轻的萨克斯手吸引了我，我再也走不动了。他是个黑人，满头扎着小辫子，正低头弯腰吹着，缠绵轻柔的乐曲回荡在石头房子群落中央。我走过去扔了一枚硬币，他换了曲子，吹的是"致爱丽斯"。我索性坐下来，坐在他身边不远处的马路牙子上，听得出了神。

（二）

围观的人换了一拨又一拨，直到他收起了萨克斯，我这才注意到我身边不知什么时候坐着一位金发老婆婆，碧蓝的一双大眼睛正盯着我。我礼貌地打了声招呼，老婆婆问我是从中国来的吧？这么喜欢这种感性音乐。我说，是啊。她说，她也喜欢。她又说，她是1997年离开香港回到爱丁堡的，她是爱尔兰人，她丈夫是爱丁堡人。

我们谈了一会儿，她的眼睛像一湾湖水，她的唇角总是在微笑，恍惚之间我有时觉得她更像年老的戴妃。她说她喜欢中国人和中国文化，还谈起了中国民族音乐。她叫洛贝卡。

非常默契，我，一个女孩子，和她突然间成了一起流浪的伴了。

我说，我看见了从伦敦唐人街来的乐队，在广场上演奏中国民乐，她要我带她去。那三个中年音乐人经常在伦敦街头卖艺，自己制作了许多CD，随便扔下两磅可以拿走一张。现在他们也跑来献艺了。洛贝卡毫不犹豫地拿了两张碟，上面有她酷爱的茉莉花和梁祝。

她成了我的向导，我成了她的茉莉花。我们一起去酒吧看威士忌的制作过程，一起去海边看落日。她还陪我去了我一直想去的爱丁堡大学。

爱丁堡的确是个文化古迹博物馆，甚至每个街边的小房子都有一段古老的故事。许多教堂、学院、歌剧院、市政府厅都属于拜占庭和哥特式建筑，石头被岁月染上了黑棕色。她告诉我，那些石头含有铁元素，时间长了石头自然变了色，而不是雨水淋成的。

她非要请我喝咖啡，我们去了城堡门前的大教堂。

那一天，我和她都很快乐，她有很深的中国情结。分手的时候，她拥抱了我，我对她表示感谢，她也感谢我。我想，她是个孤独的老人。

（三）

离开爱丁堡的那天，我往车站走，想穿过站前公园，再看看山坡上的城堡全貌。远远看见一个老太太坐在长椅上，她的手上肩上脚下好多小鸟在吃食。我走过去了，我又回过头，原来是洛贝卡。爱丁堡很小，两个小时就可以走完了，人海更小，我又遇见了她。也许我们有缘吧。

洛贝卡很惊喜，我说我要赶火车回伦敦，她非要送我。公园里有个高个子神气的英国老绅士跟她打招呼，她向他介绍我。她领着我来到一个长椅边，告诉我，这是她丈夫的椅子，她和孩子们为了纪念他捐的，这个公园里所有的长椅都是人们捐的。那长椅上写着：他爱这个城市，我们永远爱他。

她每天都守护着她的爱人，在这里。我的心底有感动的泪水流出来。

没有多少时间了，我急着赶向火车站，洛贝卡坚持送我。在车站上，火车已经早进站了，陆续有人上去了。洛贝卡急急地跑进小礼品店，买了张明信片给我。那是一张漂亮的明信片，晚霞中的爱丁堡城堡在灯火中矗立。她留了她的电话和家

庭住址。

我跑向车门，向她挥手。我看见她站在站台上，米色的风衣，肥大的棉布裙子，魁梧的手臂消失在远方。

她70多岁了，和我外婆差不多年龄。她的爱，她的孤独，她对中国的痴迷，让我在后来的岁月里经常想起她。

过年的时候我给她寄过贺卡，打过一次电话。她说她很想再来中国旅行。

我的外婆已经不在了。我真怕再拿起电话，那边说洛贝卡不在了，所以我很久没给她电话了，我想再给她寄个贺卡吧。

这个世界，如果没有孩子的笑脸，
会变成黑暗的石头城吧。

把遥远的祝福留在戛纳

在戛纳海滩，我遇到了一群可爱的孩子。

她们像花儿一样，眨着眼睛，仰头冲我眯眯笑，我听见了
大海的一声叹息，感觉沙子温柔的低语。

我俯下身去，轻轻地对她们说："你们好，你们真漂亮。
我是从中国来的。"

她们的眼睛笑成弯弯的月牙了，大孩子粉色肌肤，金色头
发，小孩子脸红得像苹果，露出白白的小牙。

真想亲一下，抱一下，出于礼貌，还是忍住了。

她们的妈妈戴着墨镜，一个非常漂亮的年轻女人，和我热

情地打招呼，我想她一定是个演员吧。她怀里还抱着个卷毛的小宝宝，她告诉我说他是最小的，才一岁，是个小男孩，刚会走路。

"我可以给你的孩子拍照吗？"

"当然可以。"

这就是法国人一贯的热情和亲切，他们乐于与人交流。

走上栈桥，木板路延伸到海里，路中间的石头墩上，坐了一些男男女女，裸露上身晒太阳，抱着书或报在读。我坐在他们身边，看着海滩上嬉戏的孩子们，舍不得离开。

大孩子去海里游泳去了，小孩子用小桶舀了海水，追小弟弟泼水玩，小弟弟摔倒了又跑，再跑再摔倒。

这个世界，如果没有孩子的笑脸，会变成黑暗的石头城吧。

没有孩子的眼神，我们的心不会变得这么幸福。

没有孩子们稚嫩的声音，那些动听的旋律也就没有了意义。

我好像穿过时光隧道，从唐朝一转瞬跑到了现在。我看见他们长大成人，聪明善良，看见他们会有一天坐在我周围，也陶醉在孩子们的欢笑里。

阳光晒干了我的脚丫，我穿上鞋准备离开。那一刻，我禁不住冲水中的大女孩招手，她游向我，可是，栈桥太高了，我够不着她。我跑下栈桥，她游了过来。

我摘下手链，从遥远的北京带来的绿松石手链，戴在她的手腕上。

我说："给你个礼物，留个纪念吧。"

我又嘱咐她："别给你的小妹妹小弟弟玩，他们还小。"

她使劲点头，一直笑着。

我和她妈妈挥手告别。

一定是有神祇引领着我，把遥远的祝福留在了戛纳。我希望中国的孩子们也像他们这样快乐健康地长大。

阳光，温暖的阳光，拥抱着我。

178

*作者拍摄于桑迪霍克海滩

那些呐喊的生命，生命的谜底
那片自由的海在你的心室潮涨潮落

她的心是柔软的美丽的，
像我看到的雨中山崖上的百合，
静静地开放。

武夷山的百合花

按中国传统，百合是吉祥花，百年好合的意思。

那年我陪一群老人到武夷山旅游，去寻访世上仅存的两棵大红袍茶树，那天下着小雨，走过曲折的石板路，跳过蜿蜒的小溪流，跨过屏风一样的大石壁，我们像走在氧吧里。突然前面的老人们欢呼："你知道我看见了什么？"在高高的崖壁最上方的缝隙里，几朵白色的百合花，振着晶莹的翅膀，羞涩地开着。如今，那些老人中的一些人已经过世了，有时候我会说起他们想起他们，我相信，百合花给他们带来的快乐和惊奇是不曾被忘记的。

如同我，四个月前路过一个简陋的客栈，在潮湿的木头屋檐下，在粗重的原木桌子旁，遇到了微笑着的百合子。

　　她是个清纯贤淑的女子，领着个可爱的小女孩，小女孩像花蝴蝶一样开心地跑来跑去。她不大像客栈的老板娘，但是我还是把她当成了老板娘，听她讲一些家常琐事，比如开店的辛苦，比如为厨师操心，再比如她的叔叔整理她阿姨的诗集，她的公公婆婆和女儿给她的温暖。我能从她的脸上看到做一个小女子的幸福，这种幸福，很少在比我年龄大的女人身上看到。

　　她的笑容充满着善良和慈爱的魅力，多少驱散了茶馆里不和谐的嘈杂之音。我想，只有做母亲的人，才称得上做了一回女人，才会在清贫的日子里，依然与快乐相伴。因为，她的心是柔软的美丽的，像我看到的雨中山崖上的百合，静静地开放，她不羡慕人世间的繁华，但是她的露珠，日复一日，年复一年地滴落，她的爱，让顽固的大山张开了一条小路，让我们看到了珍奇的宝贝。

　　她的美丽和茶树一起世世代代香飘万里。多少人不远万里赶来，多少人为她的生命力感叹，虽然她只是千万个女子中的一个，千万个母亲中的一个。

当我再见到百合子的时候，她已修炼成了"神仙姐姐"，白色的泡泡裙鼓鼓地拖在地上，黑色短发上顶着银色的小皇冠，很像《罗马假日》里的赫本。她说她准备五一去海边玩，天女下凡，这可是千年头一回。她会遇到什么样的人和什么样的故事呢？可不能穿这样的衣服去啊！

我记得罗大佑重出道那阵子，我买了一套他的歌曲集带光盘，里面有一首《野百合也有春天》，非常动听。后来看电视转播罗大佑演唱会，他站在光环里唱"就算你留恋开放在水中娇艳的水仙，别忘了寂寞的山谷的角落里野百合也有春天"。

能在人海中相遇，我很珍惜。能遇到一个懂爱的女子，更是难得。

五

／

处处都有幸福

一杯咖啡的时间
我接连写了五首小诗
它们可不小
足以容得下遥远，陌生
和一整片森林的寂寞

走到死亡的面前，依然带着乐观、豁达的神情，
保存着永久的爱心和童心。

与死亡对话

我的一个笔友的母亲去世了。

这些天，我无法继续我的小说。噩梦，一个个地来了又
去，去了又来。

我梦见单轨的铁道，好多人在上面坐着跑，无法停下来，
我好像也在上面，还为一张不及格的卷子着急。一会儿，我又
跑到了宽阔的公路上，路两边有好多拜占庭式的建筑，我的车
好像出了问题，我不知道往哪里开，我非常着急。我还梦见了
和我青梅竹马的南雨，他不知怎么伤了我的心，我也不知他做
了什么伤了我的心，反正，在梦里，我只知道伤心。

醒来的清晨，看着窗外的小鸟，在冬日里依然歌唱的小鸟，我有些庆幸，我的生命在延续。我想，着急和伤心都算不上什么。

当我再一次面对死亡的时候，梦与现实都变得不重要了。

生命是那么轻那么轻啊，甚至不如一片风中飞舞的叶子。

为什么不快乐地过好每一天？为什么不让自己快乐，不让周围的人快乐？

为什么不可以看淡一切？

第一次知道死亡，是在我五六岁的时候，幼儿园的钢琴老师突然不来了。周围的老师说她得癌症死了。我现在还清晰记得她的样子，长长的卷发，大大的眼睛，大大的脸。她不漂亮，也不大爱说话。她的眼神是忧郁的。

那时，我不知道死亡是什么，也没有伤心。好像，钢琴老师不来了，她不高兴就不来了。

第二次面对死亡，已是高中的时候，学校组织学生去附近的大学实验室参观。我无法忍受呈现在眼前的那些标本。除了恐惧，还有厌恶，还有逃避。我有意把那一天从日记中从记忆中抹去。而抹不去的，是一种无法言说的心情。我变得沉默寡言。我不再去玩，我只读书。我放弃了当医生的想法。人们说那时候我很清高、很傲气，谁也不理，他们都不敢和我说话。我只有两三个要好的女同学，我们一起吃饭、一起做功课。

直到我的外公去世了，我知道了死亡是什么。我再也看不到他慈爱的目光。我抱着他留给我的一饭盒瓜子瓤，他一个一个地"扒开"的瓜子瓤，我没有掉一滴眼泪，但那种痛，那种永别的痛，深深刻入了我的骨髓。我和我的一个舅妈大声吵架，我认为她对我外公不好。我外婆说，没想到，最乖的孩子出来替他外公打抱不平。她一直认为是我外公让我骂那个舅妈的。没有人知道，我的痛。我多想再见他一面。

后来，我的奶奶也去世了，她走得很安详，她是坐着说着话走的。她是个伟大的女人，饱经风霜的女人。我没有给她幸福，她说过好多次，要来我的城市看我。现在我可以给她幸福了，而她已经不在。看着她躺在那里，盖着黄绸布，看着她被推进去火化，我也没掉一滴眼泪，我的心里装满了对她的爱。

从此以后，我拒绝参加任何的遗体告别仪式。尽管每年总

会有这样的仪式。

我不想再看到死亡，不想说这个词。

我知道，要在人活着的时候，好好地善待他们。

那一年初春，当我拨通他研究所的电话，我想告诉他我永远是他的好朋友。那边却告诉我说，他出事了。我怎么也没想到，那么乐观那么孤傲的一个人，选择了自杀的方式离开了。直到今天，我还是以为他还活着。他的智慧、他的风趣以及他的青春，都还活着，他的哲学、他的诗歌、他的思想都藏在未名湖底下了。

我知道他是为了尊严而死，他不苟且。而我唯一不理解的是，他这么做，怎么对得起他白发的母亲？

我什么都可以原谅。单单这一点，不能。

为什么不可以看淡一切？

快乐地生活。为生我养我的母亲。只这一个理由，就足以支持我走下去，走到死亡的面前，依然带着乐观、豁达的神情，保存着永久的爱心和童心。

生活的环境和生活的方式已变得不重要。我可以活得精致，因为我有爱。母亲给了我最伟大的爱，我也要把这爱传下去。

善待我们的父母、亲人，善待我们周围的人吧。我们要坚持，我们要珍惜。

今天，我要对死亡说，我会快乐地过好每一天，即使明天我就要和你赴约，我也要让快乐的磁场跟随着我。

我已经看淡了一切，因为我有母亲的爱。无论她在哪里，我的爱都会跟随着她。

在感恩节这天，见到艮的一瞬间，
我要马上告诉他，"我答应你"。

感恩节的天堂派对

（一）

我没有火柴可以划，更没有诗句的一线光亮借给我取暖，
但是，这身体周围，丝丝缕缕的温热还在。

我细数了生命里曾走过的那些好人，他们不同程度地影响
过我的成长，然后我开始想，如果在感恩节这天，在天堂开一
个大派对，让离开世间的他们得以欢聚，是怎样的一幅情景。

这第一份请柬寄给艮，画上一个吻，那是我欠他的，再画
上个心，心上一半是草原一半是冰山。

我敢肯定的是，艮见到我一定很惊讶，在他最后的印象

里，我被装在黑毛衣、紫色貂毛领的深红色皮风衣、高帮黑皮靴里，白润的鹅蛋脸有些颓废，毛茸茸的大眼睛里满是绝情。

我多想像十八岁的那个夏天，白衬衫扣子松了，水蓝的百褶裙在腰间跑来跑去，黑框眼镜下充满好奇，丁字小皮鞋踩的"哒哒哒"地飞到他面前，那时候什么都还不曾发生，未名湖南面的小山坡上，绿草茵茵，喜鹊起舞。

我们坐在墨绿色的长椅上，艮给我讲那个男孩跳湖的故事。

他对她说"做我女朋友吧"，她没答应，然后，他说"你答不答应？不答应我就跳下去"，于是他跳了下去，女孩喊："救人啊！我答应你！"人群围上来，只见那个男孩从水里冒出来，湖水才没过小腿。

我听了这故事，笑岔了气。

多年以后，万万没想到的是，这故事里的人，变成了我和他。我一直以为他是在开玩笑，他只是藏到某个地方去了，有一天会出现在我面前。可是，我终于明白，他再也回不来了，我更没有机会说，"我答应你"。

在感恩节这天，见到艮的一瞬间，我要马上告诉他，"我答应你"。

没有时光隧道送我去他那里。现在站在他面前的，一定是另外一个奇怪的女子，表情傲慢，面容憔悴，性情却像个大孩子。

我知道，艮还会热情地拥抱我，一点儿不埋怨我。因为，他终于知道，我们是一模一样的人，本来就是，只是彼此错过。

艮逃过婚。

那时，我在遥远的城市，有了一段水到渠成的初恋，他是中文系学文学评论的男生，比我高四届，舞蹈演出托他借服装认识的。

我疯狂地看遍了北京的每场音乐会和芭蕾舞剧，认识了一大帮哥们，和他们通宵看世界杯，清晨的时候在文化部走廊里大声唱歌，晚上在宿舍院子里用煤油炉炒菜。他们都非常可亲可爱，有个十七岁男孩整天坐在院子里画像，画我，他姐姐偷偷告诉我说，他喜欢我。后来他考上了美院，我没有和他说过一句话，想必，我从开始就是一个对感情极为吝啬的人。如果他现在看到我写的这些，我会补上当时心里想却没说出来的话，我要说，我也喜欢你，你画得非常好，你有绘画天分。

那个圣诞节前夜，我们跑去世纪饭店看演出，楼下大堂里有个外企联欢会，圣诞老人发给了我三块糖，上面写着欢乐时光。他说要给我一间大房子，有落地窗的，我却说，不知道明年的圣诞我们各自在哪里。

那时候，艮研究生要毕业了。艮见了他后，问我："你幸福吗？"我说"是"，他又说"看来你的选择是对的"，我说"是"。然后他抱紧我不放，吻我喘不过气，我挣脱不开，然后我感觉到了他的眼泪。他又说"跟我留学去吧"，我很坚决，说"不"，我挣脱开了，头也不回地跑掉了。

艮刚走的那些日子，世界一片黑暗。紧接着，我最亲爱的奶奶也去了。

我独自去了伦敦，在那个阴雨绵绵的城市逐渐粉碎了记忆。我离开了南雨，放弃了田园生活的梦想，那些与艮有关的男人们，一个个都没剩下。

（二）

这第二份请柬，理所当然要寄给我的高中班主任王老师。她年轻时是师大的校花，她当我们辅导员的时候，她儿子刚上初中，一个开朗英俊的男孩子。

王老师是学俄语的，她不代课，却时刻看管着我们。她总是很严厉，很少见她露出笑容。午休时间她非要我们睡觉，我们背着她拼起课桌打乒乓球，还跑到操场打排球。为了不挨训，轮流在楼道的窗户旁放哨，看见她远远走过来，马上跑回课桌旁假装睡觉。

艮那时候还没有早恋的迹象，他比我小半岁，比较贪玩，还喜欢和女生"贫"，可考试总是第一。高二时从福建转学过来一个女生，比我们大一岁。南方女生发育早，那时我们都是"豆芽菜"，她已是深谙世故的大姑娘了。艮是班长，她是文艺委员，因此走得很近。

王老师背着他们找了家长谈话，这种做法反倒促成了他们的早恋。艮本来是个叛逆的人，懵懵懂懂的他，青涩的他，在她的引领下，打开了青春。青春一旦打开，就无法再收拾起来。

当时很多同学极不理解王老师的做法。有个男生贪玩不用功，总考最后几名，王老师生气他不争气，当着全班同学面训他，说，"像你这样的还能考上大学？"谁知这同学因了这句话，拼命读书，最后考上了北京一所重点大学，毕业后又读了中科院博士。多年后，他还记恨王老师，我劝过他。确实，当时王老师的很多做法很伤同学们的自尊，但因此，我们班全部考上了大学，艮以最高分考上了北大。

王老师一直对我很好，一个字没说过我。她要我出板报，因此我写了诗歌。她要我出节目，因此我站到了大家面前独舞，穿着一身蓝色校服，我为此还特意跑去拜一个民族舞老师学艺。

王老师很有一套，她知道我是个自尊心极强的孩子。我怎么都学不好几何，于是她要我当几何课代表。奇迹发生了，毕业考试的时候，我的几何打了满分，几何老师是个害羞的女老师，她非常开心，笑得脸越发红了，因为，还从没有人打过满分。

我没少受累，王老师要我在黑板上给大家抄作业题目，还要在白纸上抄答案挂到墙上，我因此练了字。后来，她建议我考北师大，她觉得我适合当老师。

　　我一开始不知道，为什么她从来不说我。有的同学穿高跟鞋，留披肩发，她毫不留情地批评，我也穿了，头发长了，她没说我。我旷课过一天，她也没说我。后来有同学告诉我说，王老师本来有个女儿，十二岁的时候出意外不在了，你长得很像她女儿。我这才明白，她怎么唯独对我那么怜爱。

　　我没有被批评过，其实也不好，我变成了一个"说不得"的孩子。也因此，在以后的生活、工作中吃了不少苦头。

　　毕业后我去看望她，她不带毕业班了，她太认真太累了，心脏不好。后来她随她爱人去美国讲学了，再后来，我接到了她的电话，她儿子要大学毕业了，要我帮忙在北京找工作。

　　王老师退休了。尊师如母，我本是个懒得联系外界的人，每次都是她打电话来，我也从没跟她说过一次感谢的话，可以想见自己骨子里是个多么冷漠的人了。

　　北师大的四年，是我人生中最关键的四年。青春岁月，最后浓缩在那个园子里。从此以后，再也没有那时的单纯亮丽和快乐轻盈。这样的偶然，是王老师引导我选择的，我多么感谢她。

如果没有那四年，我的人生将全部是灰色的。

祝福王老师健康幸福。

*作者拍摄于纽约

此刻，我陷进雨里
想你，和你的城市

还好，后来我开车开得不错，
成了女同事逛街的专职司机。

"险象环生" 的开车史

　　刚学会开车那阵，兴趣盎然，手痒痒，一有机会就想着开车。那时还没有自己的车，离职前的那个单位有好几辆车，都归一个司机管理。司机大哥是个很可亲的人，有时候，我要车去办事，他就顺便带带我。

　　第一次上路，我开的是辆白色福特，他悠闲地坐在我右边。出了停车场，拐了两个弯上了四环路。车后座上还坐了两个男同事，他们很悠哉，我却很紧张，绷紧了脸不说话。前面大路口突然变了红灯，我心想着我是踩的刹车啊，怎么不减速啊？还好，和前面的车距离还远，司机大哥拉了手刹，这时我

才松开离合踩了刹车，和前面的车差点撞上。

那一刻大脑一片空白，心里想什么，脚下却不听使唤，还浑然不知。眼睛只关注周围的情况，双手死死把着方向盘。

受了这次惊吓，我再遇到任何情况，第一反应就是去踩刹车，早早地踩。

第一次自己开车赶上下大雨，开到蓝岛附近，同事冬梅也在车上。大雨下得像冒烟一样，我一直纳闷，怎么什么都看不清了，难道隐形眼镜掉了？还好，有个警察在路边向我招手，让我把车停靠路边。他说："你的车灯坏了？""嗯？没有啊。""那你怎么不开灯？""嗯？在哪开灯？"警察乐了，冬梅也明白了，哈哈地笑我。

第一次自己开车遇到红绿灯，不知道踩刹车；第一次下大雨开车，不知道开大灯。再也找不到像我这么糊涂的人了吧！还好，后来我开车开得不错，成了女同事逛街的专职司机了，开着大吉普在北京城里"乱窜"。

我开车虽说是没出过车祸，但大大小小的惊吓还是不断地出现。

一次我开了辆"皇冠"车进了地安门附近的胡同，我差点剐到一个骑车的人，"车耳朵"擦到了那人的胳膊，"砰"的一声，我吓出了一身冷汗，还好那人没事。此后，我宁可多跑环路多绕些远，也要尽量避开那种拥挤狭窄的路段。

还有一次，在六里桥堵车，旁边的大卡车挤到了我的车前面，妈妈又在我身边"叨咕"，差点剐蹭上大卡车。

还有一次，我将车停在一个部队大院里，蹭上了旁边车的前右侧。

我开车被警察拦过几次，和警察闹的笑话，不止一桩。

先说我开的那辆福特车，在西客站附近，警察叫我靠边停车，说我没系安全带。要知道那辆福特车的安全带是自动的，不套上车不走。我给警察看，他晕了，只好让我走了。

一次在亚运村附近，我开了辆绿色的大块头——"沙漠风暴"。我看见黄灯刚闪，以为可以闯过去的，没想到黄灯时间一闪即过，我赶紧停车，前车轱辘压上了斑马线。一个胖警察走过来，非说我闯红灯了，可是旁边的车，在我停之后，依然开过去了，他却不管。我说我没闯红灯，他说压线就是闯了，

没办法，被罚了6分。

还有一次好笑的经历。我陪一个同事上路，他刚拿到驾照。走到学院路上，车不知怎么熄火了，打了两次火，还是打不着，我看着一个瘦瘦的小警察走了过来，要我们靠边停车。我同事还是打不着火，我换下他，把车开到了路边。警察过来了，说："你们阻碍交通。"哇，这罪名可大了，我当时对警察的态度很不好，口气也强硬，这个小警察一定没见过我这样不好好说话的人吧。我强调说："车熄火了，他刚开车不太会开。"小警察要扣留我同事的驾照，我急了，说话口气更不好了，我说："你没道理扣驾照，我们也是着急打着火想开走，我不是马上换下他开走了吗？！"我还说了些很不客气的话，一直在说，小警察一句话都没说，认真地看了看我，把驾照交给我。他很年轻，好像和我们一样大，估计是警校刚毕业的。

他真是个可爱的警察，听得进去"讲理"的话，即使我的态度是那么不好。

开车，重要的是安全第一，小心为是，因为危险都发生在一眨眼的工夫，甚至你正常行驶时，也会被别人撞到。

他们一直是我生命里的光，不灭的温暖，
他们似乎从未离开过我。

_____

说不出来的爱

　　我爱那些陪伴我长大的老师们，虽然我没有对他们说过一
次爱。

　　他们一直是我生命里的光，不灭的温暖，每当回头望去，
总能看见他们的身影站在时光的深处，微笑着看着我，他们似
乎从未离开过我。

　　记得上长托幼儿园时的两位老师，一位是生活老师，那时
爸妈工作忙，常常周末接不了我，老师就把我接到她家做好吃
的给我吃，陪我玩。她个子不高梳着整齐直顺的短发，圆脸大
眼睛。还有一位钢琴老师，长卷发，喜欢穿黑连衣裙，长方大

脸大眼睛，没多久得病去世了。那时我不懂得"死"的意义，就知道她不来了。幼儿园园长个子高高的，对我很照顾，她的儿子和我一个班，常常在一起睡觉，他睡着了我却睡不着时，我会偷偷拉着他的手，不知不觉就睡着了。

小学时赵老师把教室钥匙交给我，我还记得她让我帮她批改考卷，窗外电闪雷鸣，我是那唯一打满分的学生。我记得她送我去公交车站。现在有时还会梦见她的模样，梦见她站在车站看着我。她有两个女儿，都比我大，这两个小姐姐会领我在大院里疯跑，玩耍。是赵老师引领着我总是要争"第一"，我就那么一路走下来了。

初中时遇到了师大刚毕业的校花，教英语的王老师，她像初中生一样梳着两条小编辫，黑黝黝的眼睛，喜欢爽朗地哈哈笑，一笑露出洁白的牙齿。她周末给我们前三名的学生补课，找我谈心，让我把第一个入团机会让给一个男生。她喜欢玩，常和我们一起玩。那是快乐的初中年代，我能把皮筋跳到手举那么高，一个指头抻的皮筋也能跳开。报考高中时，教导主任找我谈话，不让我考别的学校，我被说哭了，是感动的哭，教导主任想让我放弃报考别的学校，还特地找来了我的父母做工作，但我的母亲态度很坚决。王老师却没有劝说我，就这样，我上了更好的高中。

高中班主任是师大的校花，她从来不批评我，对我比较溺爱。我梳披肩发，穿肥裤腿的牛仔裤，她也不说我。可是她对别的学生都很严厉。后来同学们告诉我我才知道，她的女儿和我长得很像，12岁时不在了。她是把我当成了她的女儿。她觉得我的性格适合当老师，后来引领我报考了北师大。

回想起来，老师们给我的都是温暖。当然我更幸运，几乎没受到过老师们的批评，而总是得到鼓励和表扬。这和现在的美国教育很像，从而塑造了我简单而快乐的性格，与世无争，崇尚自由。当然，我遇到挫折时绝不会一蹶不振，而是尽快摆脱。我的幸福感超强，哪怕一无所有，一个人住在深山老林里，我想我依然快乐无比。因为老师们给我的爱，常驻在我心底。

你们曾带给了妈妈许多的快乐，
驱赶了妈妈的寂寞，谢谢你们。

我的"佐罗"和"小白"

那些年我到北京念大学，弟弟到日本闯天下，一下子两个从来没离开过家的孩子离开家，妈妈一时懵了，后来她对我说，那时候她整天不知道干什么，脑袋迷迷糊糊的一片空白，走在路上都身不由己。我想，是妈妈太想念我们的缘故。

爸爸心疼妈妈，为了她开心，从亲戚家要来只小狗，白色长毛的京巴。大家都叫它佐罗，佐罗取自阿兰·德龙演的那个除暴安良的英雄。

佐罗是个懂感情的小家伙，每次我妈出差不在家，它都不肯回窝睡，每天守在大门口，趴在门边，直到多少天后，我妈妈回来，它热情地扑上去。它的表达直接，它对主人的执着更是不同凡响。

第一个假期回家，早上我还在做美梦，突然黏糊糊的舌头把我舔了，我吓了一大跳。睁开眼睛，看见小佐罗一闪，从门缝钻出去了。后来，它每天都这样，几乎是在同一时间以这种无法拒绝的方式叫我起床。

佐罗不但是条浪漫的小狗，还是个讲卫生的"绅士"，它知道到固定的地点上厕所。

它对食物非常挑剔，喜欢我妈给它做的牛肉炖胡萝卜。我妈不知从哪里搞来很多牛肉罐头，小佐罗总是吃得很香。

它更是个爱运动的小伙子，跑跑跳跳不知疲倦。

它还是个好色的家伙，每次我的那些小妹妹来了，它都粘上去没完没了地献殷勤。我的那些小妹妹们非常喜欢它，因为它总是顶着个朝天辫，扎着鲜艳的猴皮筋。那是我的杰作，我心情好的时候，最多给它扎过7个小辫子。

一次给它洗澡，看着它原本肥头大耳长毛飘飘的潇洒模样，下了水，像变成了一只小兔子，还是只很瘦的兔子，从此

我对它更怜爱了。

它记性好，感情也专一，每次我离开家半年后再回来，离家门远远的，它就会急忙冲出来，往我怀里跳。而别的陌生人经过，它就站在那里抬头，叫唤示威。

佐罗什么都好，就是胆子小，大概因为领它出去玩的机会比较少。一次我领它去奶奶家，一路上要过许多马路，每次过马路，它都是战战兢兢的不肯走，身体颤抖得像风中的稻草。走不多远，只好抱着它走了。在家里要是把它抱到高点的地方，它也会颤抖不停。唉，真是个没见过世面的"童子哥"。

后来，舅妈又给我妈送来一只更小的狗，永远那么小，小兔子那么大，毛很短，也很白，我们索性叫它小白。小白的到来，是小佐罗此生最幸福的艳遇。

小白比佐罗小四五岁，总是低着头东找西闻，佐罗跟在小白屁股后跑来跑去。它俩在一起的样子可真是快乐，你蹭蹭我，我舔舔你，玩耍嬉闹，不亦乐乎。

一次妈妈跟爸爸回老家给爷爷上坟，把小白带回去了。老家的人喜欢小白，离开的时候非要留下小白，妈妈答应了。可是小白习惯了城市里的养尊处优，在老家只待了一个多月居然走了。妈妈跟我提起时，伤心地掉泪了。后来，我们谁也不敢在她面前提这事了。妈妈说，小白肯定是不太适应老家的水泥地，凉着了，又说老家人只给小白吃土豆，营养不良。

后来弟弟回国了，还带回了漂亮的媳妇。弟媳妇怀孕了，家里不能再养狗了，妈妈只好把佐罗送走了。从此我们再也没见过佐罗，但愿新主人疼爱它。

现在我住在北京，看到很多的小狗活跃在社区里，和老人孩子在一起玩耍。有时候，我会想起佐罗和小白，它们一样是生命，有自己快乐和生存的过程。

有一次我出差去贵州，晚上当地人请大家品尝花江狗肉，当地人用狗肉涮锅子。我，还有两个女孩，一起逃开了。我们不吃。

还有一次，一个朋友在我对面吃狗肉，结果那顿饭我什么也没吃下去。

狗是人类的朋友，据美国科学家最新研究表明，养猫养狗的人，比不养猫养狗的人，疾病发生率大大降低。我想，那是

因为小动物给人们带来了快乐，让人们心情愉悦，从而节省了医疗费用。但是，养狗一定要按时打狂犬疫苗，狗的主人一定要牵住狗不让它伤害他人，这样才能让狗与人类和谐共处。

佐罗，愿你快乐地走完自己的一生。

小白，愿你安息。

你们曾带给了妈妈许多的快乐，驱赶了妈妈的寂寞，谢谢你们。

长颈鹿是国王的小公主，她的黑眼睛大大的，
充满了童真和智慧。

———————

你是怎样变成长颈鹿的

长颈鹿是个公主变的。

很久很久以前，在中原北部有一个草原大帝国，它后来几乎统一了大半个世界。

长颈鹿是国王的小公主，她的黑眼睛大大的，睫毛长长的弯弯的，头发是棕色的，一边扎着一个小辫子。

国王和王后只有这么一个孩子，他们给她起名叫雯雯，希望她成为一个有文化的人。他们从世界各地，从古今中外为小公主请来了各种各样的老师，让她学习各种本事。

他们相信胎教，从雯雯在王后肚子里开始，王后就给她听

《高山流水》，听《十面埋伏》，给她吟唱《乐府诗集》。

雯雯出生以后，国王每天给她念《三字经》，读唐诗宋词。

王后请来了嫦娥做雯雯的音乐教师。嫦娥教雯雯弹古琴，跳民族舞，雯雯学得很认真，手指弹得越来越修长，小舞鞋磨破了一双又一双。

后来，雯雯的手和腿越练越长。

国王又请来了祖冲之和阿基米德。祖冲之给雯雯讲圆周率，讲勾股定理，阿基米德给雯雯讲浮力。雯雯很聪明，背圆周率能背到小数点后五百位。

雯雯的身上开始长出数字和物理符号，那些数字和符号融成一片，变成了身上的花衣服。

国王还请来了屈原和范仲淹，教雯雯怎样写作，怎样写出像《离骚》那样的伟大作品，怎样写出"先天下之忧而忧，后天下之乐而乐"的哲理文章。

雯雯还小，不懂得政治，不懂得国事，雯雯只是个爱玩耍的小女孩啊。

雯雯实在想不明白怎样写文章，怎样写古诗。

于是，她每天托着腮帮子，对着天空，想啊想啊。

从十个太阳，看到夸父射掉九个太阳，只剩下一个太阳。

从女娲补天，看到月亮出来，看到满天的星星出现。

她每天抬头往天上看啊看啊，她的脖子就变得越来越长了。

所以啊，现在你看到了长颈鹿的样子。

雯雯学跳舞学弹琴，长出了长长的腿。

雯雯学数学和物理，身上长满了数字和符号。

不过，雯雯公主的小辫子还在，你看到了，现在长颈鹿头顶上的两个小犄角，还是那么漂亮。她的眼睛还是那么大，充满了童真和智慧。

如果你看见我漂浮的心、伤心的泪，
你就会知道，潮水的来处。

海的"梦呓"

（一）缠

撑着花伞，站在船头，粗笨的铁锁链缠住生锈的铁柱子，像有你的记忆，缠住了我的往昔。船靠岸抛锚，那些铁链被丢进海底，而关于你的那些回忆却抛不掉，我只能站在船头，望着你的背影，与雨一起沉默，转眼就过了一个世纪，还是你的背影，在海上，在船头，飘荡。

你说有一天，我会站在岸边，望着来去的风帆，像个局外人一样望着你的生活，如今我真的站在海边，却看不见帆，看不见你，只有雨，绵绵不停地诉说着，这是雨季，蘑菇疯长的季节，没有蓝的天，只有灰绿色的海，这是有你的记忆，在高高的悬崖上，开满黄色的小花。

（二）崖

九丈崖远远地伸进海水，它在望什么呢？一望就是亿万年，亿万年的海风吹黄了它的脸，亿万年的海浪冲刷着它的心。那些思念的泪水沿着层层沟壑流啊流，时时刻刻汇入大海。

它在望什么呢？我只看见，云影掠过的天，阴阴的，远处的海面上停泊着星星点点的船儿。

它的思念，在那船上吧。

（三）湾

海滩上铺了厚厚一层圆滚滚的石头，大大小小的石头吸引着很多人涌向月牙湾。无数的石头经过海水的冲洗，有着美丽的形状和动人的颜色，白的透明，红的光洁，我相信，每一块石头都有自己的故事。人们拾到喜欢的小石头，装进口袋带走，我也拎着沉沉的一袋石头，它们曾寂寞地躺在海滩上，如今要陪我走很远的路，飞到很远的地方。

我相信，石头也有生命，何况是人的心。

（四）归

把梦还给大海吧，看海鸥掠过船桅，白云飞过眼前。摸摸自己的心，还在吧？

勤劳的渔家女，头戴火红的头巾围坐在海岸线上，大片的海上养殖场，几只小船星星般点缀其间，山脚下红顶屋一排排，山路旁，果树成林，野花飘香。

何须寻梦，家园就是真实的梦，伸向天空的小烟囱，就是梦的语言。

（五）潮

深夜里，梦帷中，倾听大海的潮声，清晰而有节奏。往事，总是忽然想起，而我的罗密欧，已永远地离去。如果早听懂海浪的言语，我不会疏忽大意，不会让你失望。如果你看见我漂浮的心、伤心的泪，你就会知道，潮水的来处。

伤，不仅仅你有。

（六）变心

拉开窗帘，拉开一个早上的世纪。融入蓝天白云大海，伤痛的心一点点温暖起来。

都说唯爱永恒，问问早上的海水，问问温暖的心，远处的天边，海鸥的翅膀把心儿载走了。

馥郁的花香把我唤醒，鸟儿在唱着古老的歌谣。

日出，代替了所有的语言。

我们的心，始终在一起。

在你我相遇的地方，依然有人在唱，
依然有爱情在游荡。

我们将来会在何处

看来，人的一生用五进制计算比较恰当，人不需要计算机那么多的二进制组合。人活得最简单，也最复杂，最高贵，也最卑贱。

师兄今天挂出他五年前的照片，而艮的照片不知道让我藏到哪里去了，我忘记了，艮的信件还留了几封，是我偷着留下来的，压在我高中时用的那个黑书包里，压在书柜最下面。妈妈爸爸不让我留艮的任何东西。

那天，我和他坐在校园的操场看台上，我给他讲艮的故事，我和艮的故事，讲到我哭到毫无知觉，他心疼得恨不得要艮活过来，再杀了他。

五年，的确是一道记忆的门槛，一条感情的正弦曲线。

我的一个英俊的表哥只活了两个五年，我曾经和他拉着手在大河边飞跑，我们用自做的铁圈粘蜘蛛网捉蜻蜓，我们出没在油菜地和海棠果园里，他的猎犬跟他一样漂亮。有一天他在玩耍时莫名其妙地从二楼掉下来，伤了头部。当时我不在现场，只听舅舅说，舅舅抱起他时，他说，爸爸，我疼。后来，他再也没起来，他没跟我告别。

艮的一生只有五个五年，所以他永远是年轻的玩世不恭的幽默的样子，他也没跟我告别。他很狠心，遗书上什么也没说，只写了一句话，写他对不起他妈妈，谁也没想到他变成了自己的仇人，他那阳光般的笑脸竟然是心灰意冷的掩饰。

是回不去了，谁都回不去。艮是个很幽默的人，他曾笑着说，十年后大家的样子会更不同。曾经，我把一个诗人误当成了艮，后来，我才清醒，艮永远不可能回来了。

我喜欢电视连续剧《将爱情进行到底》，剧情和我们的大学生活出奇地类似，也许有一种机缘巧合，实际上，真实的大

学生活要比剧情更为精彩和离奇。我特意收藏了小柯的乐曲专辑，现在有时候还会翻出来听，"在你我相遇的地方，依然有人在唱，依然有爱情在游荡"，听到这两句震撼我的歌词时，小柯正在首都大学生文艺会演的舞台上，朝我回眸一笑，我盯着他的手指，看他的灵气在巨大的三角钢琴上飞扬。

特别喜欢电影《一个陌生女人的来信》的剧情独白和镜头音画，喜欢女孩子齐耳的短发，女学生的五四服装，女主人公刻骨铭心的荒凉痴情，喜欢四合院昏暗的灯火，胡同口光秃秃的大树，陈旧的书架和一摞摞的厚书，喜欢胴体的重叠和嘴唇的质感，少女探询疑惑的眼神和无助的低头不语，少妇如白玫瑰一般的泠清妩媚，喜欢倒叙的叙事手法和那封长长的一生的倾诉。

电影最后一个画面，是镜头跨过门墩的橘黄色夜光，渐渐拉进昔日的四合院，那扇纸糊的窗口上，一张少女的面庞若隐若现，一双失神痴迷的大眼睛在微笑。

琵琶的音浪和泪水轻轻抚过面颊，我摘下了眼镜。

难以想象，再过五年，十年，二十年，我们究竟会在何处。